江湖老友

蔡澜 著

南方传媒 广东人民出版社
·广州·

图书在版编目（CIP）数据

江湖老友 / 蔡澜著. — 广州：广东人民出版社，2015.8（2023.6重印）

ISBN 978-7-218-10321-1

Ⅰ. ①江…　Ⅱ. ①蔡…　Ⅲ. ①随笔 — 作品集 — 中国 — 当代 Ⅳ. ① I267. 1

中国版本图书馆CIP数据核字（2015）第181235号

JIANGHU LAOYOU
江湖老友

蔡　澜　著

出 版 人：肖风华

总 策 划：肖风华
责任编辑：钱飞遥
责任技编：吴彦斌　周星奎

出版发行：广东人民出版社
地　　址：广州市越秀区大沙头四马路10号（邮政编码：510199）
电　　话：（020）85716809（总编室）
传　　真：（020）83289585
网　　址：http: //www. gdpph. com
印　　刷：唐山富达印务有限公司
开　　本：889 毫米 × 1194 毫米　1/32
印　　张：8.625　字　数：130千
版　　次：2015年8月第1版
印　　次：2023年6月第8次印刷
定　　价：56.00元

如发现印装质量问题，影响阅读，请与出版社（020-87712513）联系调换。
售书热线：（020）87717307

序

除了我妻子林乐怡之外，蔡澜兄是我一生中结伴同游、走过最长旅途的人。他和我一起去过日本许多次，每一次都去不同的地方，去不同的旅舍食肆。我们结伴共游欧洲，从整个意大利北部直到巴黎。同游澳大利亚、新加坡、马来西亚、泰国之余，再去北美洲。从温哥华到旧金山，再到拉斯维加斯。然后又去日本。最近又一起去了杭州。我们共同经历了漫长的旅途，因为我们互相享受做伴的乐趣，一起享受旅途中所遇到的喜乐或不快。

蔡澜是一个真正潇洒的人。率真潇洒而能以轻松活泼的心态对待人生，尤其是对人生中的失落或不愉快遭遇处之泰然，若无其事。不但外表如此，而且是真正的不萦于怀，一笑置之。“置之”不大容易，要加上“一笑”，那是更加不容易了。他不抱怨食物不可口，不抱怨汽车太颠簸，不抱怨女导游太不美貌。他教我怎样喝最低劣辛辣的意大利土酒，怎样在新加坡大排档中吮吸牛骨髓。我会皱起眉头，他始终开怀大笑。所以他肯定比我潇洒得多。

我小时候读《世说新语》，对于其中所记魏晋名流的潇洒言行不由得暗暗佩服，后来才感到他们矫揉造作。几年前用功细读魏晋正史，方知何曾、王衍、王戎、潘岳等等这大批风流名士、乌衣子弟，其实猥琐龌龊得很。政治生涯和实际生活之卑鄙下流，与他们的漂亮谈吐适成对照。我现在年纪大了，世事经历多了，各种各样的人物也见得多了，真的潇洒还是硬扮漂亮一见即知。我喜欢和蔡澜交友交往，不仅仅是由于他学识渊博、多才多艺，对我友谊深厚，更由于他一贯的潇洒自若。好像令狐冲、段誉、郭靖、乔峰，四个都是好人，然而我更喜欢和令狐冲大哥、段公子做朋友。

蔡澜见识广博，懂的很多，人情通达而善于为人着想。琴棋书画、酒色财气、吃喝嫖赌、文学电影，什么都懂。他不弹古琴、不下围棋、不作画、不嫖、不赌，但人生中各种玩意儿都懂其门道。于电影、诗词、书法、金石、饮食之道，更可说是第一流的通达。他女友不少，但皆接之以礼，不逾友道。男友更多，三教九流，不拘一格。他说黄色笑话更是绝顶卓越，听来只觉其十分可笑而毫不猥亵，那也是很高明的艺术了。

过去，和他一起相对喝威士忌、抽香烟谈天，是生活中一大乐趣。自从我去年心脏病发之后，香烟不能抽了，烈酒也不能饮了。然而每逢宴席，仍喜欢坐在他旁边。一来习惯了；二来可以互相悄声说些席上旁人不中听的话，共引以为乐；三则可以闻到一些他所吸的香烟余气，稍过烟瘾。

蔡澜交友虽广，不识他的人毕竟还是很多。如果读了我这篇短文心生仰慕，想享受一下听他谈话之乐，又未必有机会坐在他身旁饮酒，那么读几本他写的随笔，所得也相差无几。

金庸

目　录

金庸

亦舒

古龙

黄永玉

冯康侯

丁雄泉

金庸

稀奇古怪

黄蓉想出来的食谱稀奇古怪，而作者金庸先生的饮食习惯却很正常。

“我和蔡澜对一些事情的看法都很相同。只是对于吃的，他叫的东西我一点也吃不惯。”有一次和金庸先生去吃广东粥面，他就这么说。

海鲜类金庸先生也没有兴趣。他爱吃肉，西餐牛扒绝对没有问题。一起去旅行时，到中国餐厅，他喜欢点酸辣汤，北方水饺也吃得惯。

上杭州餐厅和沪菜食肆，金庸先生不必看菜单，也可以如数家珍地一样样叫得出来。

至于水果，金庸先生最喜欢吃西瓜。这也是江浙人的习惯吧。我小时候就常听家父说他住上海的时候，西瓜商家是一担担买来请伙计吃的。不这么做就寒酸了。当年没有冰箱，把西瓜放进井里，夏天吃起来比较冰凉。

说到酒，据说金庸先生年轻时酒量不错，但我没看到他大量喝。来杯威士忌不过不加冰，净饮倒是常见。

近年来他喜欢喝点红酒。每次脱下眼镜后细看酒牌，所选的酒厂和年份都不错。有时喝到侍者推荐的好酒，也用心记下来。

吃饱了饭，大家闲聊时，金庸先生有些小动作很独特。他常用食指和中指各插上支牙签，当是踩高跷一样一步步行走。

数年前，经过一场与病魔的大决斗之后，医生不许查大侠吃甜的。但是愈被禁止愈想吃。金庸先生会把一条长巧克力不知不觉地藏在女护士的围裙袋里面。自己又放了另一条在睡衣口袋中，露出一截。

查太太发现了，把他睡衣口袋中的巧克力没收了。但到楼上休息，金庸先生再把护士围裙袋里的扒了出来偷吃。本人稀奇古怪。不然，他小说中的稀奇古怪事又怎么想出来的呢？

和查先生吃饭

我们最尊敬的大师查良镛先生八十岁了，胃口还是那么好，真不容易。但是对食物，有固定的那几种，不像我那样什么都尝试。

“我和蔡澜有很多同好，吃则完全相反。”查先生曾经那么说。

查先生大方，曾经邀请我欧游数次。有一回在伦敦，我建议到黎巴嫩菜馆。吃了生羊肉，各类香料用得很重的菜。查先生微笑地陪伴着，坐在露天茶座，天气热，额上流汗，不举筷也不作声。当时我见到了真是不好意思。从此一块吃饭不敢造次，永远是由他决定吃些什么。

查先生为江浙人，当然最爱吃江浙菜。广东菜也能接受，但只点大路①的，像蒸鱼、炸子鸡等等。北方人喝的酸辣汤也喜欢。

粤菜馆来来去去都是那几家，港岛香格里拉酒店的或者国际金融中心的，吃惯了较为安逸。

至于日本料理，会来金枪鱼腩、两块海胆寿司、一大碗牛肉稻庭面。铁板烧也经常光顾。

说到牛肉，可是查先生的至爱。西餐店的一大块牛扒，吃得

---

① 粤语，“大众化”的意思。

不亦乐乎。

每回都是查先生埋单。有时争着付，总会给查太太骂。总过意不去。但有一次，倪匡兄说："你比查先生有钱吗？"说得我哑口无言，只好接受他们的好意。

查太太一直照顾着查先生的饮食。查先生年纪大了，医生不让吃太甜。而这刚好是查先生最喜欢的。我每次和他们吃饭，买了数瓶意大利MOSCARTO D'ASTI甜葡萄汽酒孝敬。查先生喝了对味，查太太也允许。就不再喝我们从前都喜欢的丹麦威士忌了。记得当年一起吃饭，都爱叫一杯，查先生只在中间加了一块冰。白兰地倒是少喝了，这点与倪匡兄又不一样。他只喝白兰地，不懂得威士忌的乐趣。

席上，倪匡兄总是坐在查先生一旁，他们两位浙江人叽里咕噜。大家记性又好，把三国水浒人物的家丁名字都叫得出来。

常客之中有张敏仪，她也最崇拜查先生。每次相见都上前拥抱他老人家一番，才得罢休。也知道查先生最吃得惯江浙菜，常在上海总会宴客。那里的菜已不用猪油，但火筒翅是这酒家创出的，又香又浓，查先生喜欢。查太太与我则注重环保，不尝此味。

熏蛋也做得好。查先生喜爱的是饭后的八宝饭，煎过的最佳，一定多吞几口。

也不是所有的上海菜都合老人家胃口。曾经到过一家老字号，做出来的都走了味。查先生发了脾气，从此我们就不敢建议到那家店去吃了。

也有一回来了几个国内的名厨，表演淮扬菜。大家吃过之后你看我我看你。最后查太太带我们转到那酒店的咖啡室，叫了几客海南鸡饭，查先生吃了才笑了出来。

每到一处，总有酒店经理或闻风而至的书迷带着金庸小说来请查先生签名，老人家也来者不拒。兴之所至，还问来者之名，用来题上两句诗。这种即兴的智慧，更令大家佩服到极点。

“天香楼”还是最信得过的杭州菜馆。查先生进餐地点大多数集中在他居住的港岛，不太过海来吃。但“天香楼”是例外。每次去，都叫老伙计外号小宁波的过来点菜。查先生如数家珍：马兰头、鸭舌、酱鸭为前菜，接着是烟熏黄鱼，或熏田鸡腿、炸鳝背、咸肉塌菜、龙井虾仁、西湖醋鱼、东坡肉、富贵鸡、云吞鸭汤。

正在等上菜时来杯真正的龙井，啃白瓜子。食前上一碟酱萝卜，也极为精彩。这里的绍兴酒一流，查先生就不喝洋酒了。

吃得饱饱，最后上的酒酿丸子。里面还加了杭州少有的草莓，色泽诱人，酒糟味浓，可口之极。查先生爱的，都是甜的。

到了夏天，查先生最喜欢吃西瓜。我也曾冒着被查太太责备的危险，从北海道捧了一个特大的。全黑色，打开了鲜红，是西瓜之王。查先生也很乖，只吃几小块。

秋天的大闸蟹当然也吃。常在家里举行蟹宴，查太太一买就是几大箩。她本人也极为喜欢，但为了给查先生增寿，戒食之。拼命劝人多来几只，自己不动。查先生其实对大闸蟹也只是浅尝，喝得多的是那杯加糖的姜茶。

一次刚动过小手术，查先生在家休养。咸的当然是一点也不能碰，每天三餐只吃不加盐的蒸鱼。有日夜三班的护士照顾之下，身体复原得很快。

差不多恢复健康时，照样不准吃甜品。查先生偷偷地把一小条巧克力放进睡衣口袋，露出一小截来，给查太太发现了没收。甫入睡房，查先生再从护士的皮包中取出一条，偷偷地笑着吃光。

何铁手

在墨尔本查先生的家里作客时，刚看完新出的大字版《碧血剑》。

“你最喜欢书里哪个女子？”查先生问。

我毫不犹豫回答：“何铁手。”

查先生笑盈盈：“想想，何铁手的确不错。我也是蛮喜欢。”

《碧血剑》里，男主角袁承志的身边出现五个女人。他说过：“……论相貌美丽，言动可爱，自是以阿九为第一，无人可及。小慧诚恳真挚，宛儿豪迈可亲。青弟虽爱使小性子，但对我全心全意，一片真情……”

对何铁手的印象，总是“艳若桃李、毒如蛇蝎”这八个字。当然，何铁手身为五毒教教主，没遇到袁承志之前的生活背景，一定令到她那么古怪。自小为了练功，给父亲斩下一只手掌，本来更应变得不近人性才是。但个性开朗，这种女子娶了之后才不会有麻烦。

何铁手是个好学之人，见到功夫比她强的袁承志就一心一意要拜他为师。对他的那几个女朋友都叫师母，解开她们的醋意。

何铁手虽然只剩一臂，但书上说她凤眼含春，长眉入鬓，嘴角含着笑意。约是二十二三岁年纪，目光流转。又说她说话时轻颦浅笑，神态腼腆，全然是个羞答答的少女。

金庸小说的男主角，往往对女人优柔寡断，常被他喜欢的小气鬼女友打一巴掌，脸上出现红红的五指掌印。袁承志也不知爱谁才好。

还是何铁手干脆，大胆向他提出：“师父啊，这世上男子纵三妻四妾，事属寻常。就算七妻八妾，那又如何？”

她叫袁承志把他爱过的女人都娶了，但她自己却不敢表白情意，做他的五奶。看得读者为她惋惜不已。

“和袁承志睡睡，那多好！”我说。

查先生点点头：“你这个建议很有趣。反正依照她的性格，不会在意。”

叽里咕噜

上午九点五十分的国泰航班，直奔韩国首都首尔。汉城改了这个名字，总是叫不惯。

到铜锣湾去接倪匡兄嫂，过隧道，时间还早。没什么车，交通畅顺，倪匡兄称赞公路的设施。到了机场，不停地说伟大，伟大。对于我们这种已经看得麻木的人，听着他的称赞也觉得不得了，伟大，伟大！

各自过关。倪匡兄嫂已是美国公民，但没带香港身份证，不能排永久居民那一行，和洋人游客混在一起慢慢等。

走进候机楼，有三鲜包、豆浆、三明治、面包等早餐。倪匡兄爱吃粥，吃了三大碗皮蛋瘦肉粥。又称赞伟大和好吃。

闸口在七十一号，需乘无人驾驶火车。我问要不要租一架电池车送他，倪匡兄摇摇头。到达了才知遥远："我在旧金山十三年，加起来也没有走过这么长的路。"

广东谚语说"文人多大话"。大话者，谎言也。路途遥远的形容，我只觉得是文学夸张而已。

查先生夫妇也到了。老友见面，聊个不停。

没有遇到不稳定气流，在机上又吃吃东西喝喝酒，看了一部电影，很快抵达首尔。

十二月天，当地气温只有零下一至三度。查太太为查先生准备了一件很厚的皮大褛，头套的边缘有兽毛，穿起来像个因纽特人。倪匡兄穿件轻巧的羽绒外衣，也够温暖。

从机场到市中心要一小时。一路上倪匡兄看到很多旷地，说韩国还有很多发展的空间。汉江江水清澈，他对这个从来没到过的国家印象良好。

查先生对韩国历史了解很详细，倪匡兄的记忆力也好。用上海话谈论，谈得很开心。

“很久没看到你们两人叽里咕噜了。”查太太说。

查先生笑着说：“我讲什么事倪匡都搭得上嘴。他对历史的批评是严厉的，也够胆识。别人虽然也讲上海话，但不能和我叽里咕噜。”

刁钻

陪同查先生到台北参加“金庸小说国际学术研究会”，为期三天。

大会在台北图书馆举行，由汉学研究中心、中国时报和远流出版社主办。有来自中国、日本、以色列、法国、美国、荷兰、越南、瑞士、澳大利亚的学者共两百多名出席。

大礼堂的旁边附设展览，主题为侠者风貌。展出许多年来金庸小说的各种版本，包括原著的、盗版的和最近线装版。另介绍电脑网络，集中了作者的一切资料。

先把发言的学者的论文交出，事先让参加者阅读。然后每篇论文再以十五分钟的时间作更深的报告，再由另一位学者以七分钟来讲评。最后由大家自由发问，金庸先生自己讲几句话终结。

研讨主题有：一，作品分析与人物研究；二，社会、政治结构研究；三，宗教信仰、民俗及文化研究；四，从其他学科如心理学、数学等探讨金庸小说。

在第一天，数学家洪万生研究了“全真道观与金元数学”。这位台湾师大数学系的教授引述了古代文献，指出《射雕英雄传》中讲过的一套数学理论应由李治发明，李治是离开黄蓉几十年之后才出现的人物。

查先生很虚心地接受学者的指正，说今后的版本将作修改。

事后和查先生一齐吃饭时，他调皮地说："也许是黄蓉先想到，后来才传到李治的耳中去的呢！"

金庸先生笔下的人物稀奇古怪，都是作者一个人的幻想，也就是说都是他本人。有个在座读者曾经出过刁钻的问题："要是黄蓉考联考（香港的会考），她的成绩会如何？"

查先生笑笑："成绩怎样不知道。有一点能肯定，那就是黄蓉一定会出猫（粤语，即考试作弊）。"

金庸茶馆

金庸先生这次去台湾卷起的旋风，让市民在每天关注各种政治新闻的疲劳之中得到闲情。

传媒除了电视、报纸和周刊之外，还有一种香港还没有的报道——是由世界各国的金庸迷上网，同时向作者发问问题。

过程是这样的，《中国时报》副刊中每星期有一版《金庸茶馆》，发表学者的阅读心得，并集中网友资料刊出。在十一月七日星期六那天，由《中国时报》、中视二台、远流出版社的网站举办电视节目：《夜探金庸茶馆》。

曾在茶馆中发表过文章的专家三百多人得到邀请出席。电视直播这两个半小时的集会。不能来的人可以一面看电视，一面上网，网址为http：//www.Yuib.com.tw / Jin Yons. 直接来踢馆吧。

金庸先生坐在台上，主持人黎明柔拿着无线麦克风到处跑让现场观众发问。间中台上落下一片银幕，打出网友问题，由最多人发问的问题排列而下，一下子数百条之多。金庸先生笑着一一应付。

从前我们读完一本小说，都觉得颇有心得，想发表一下意见，但没有门路。科技的发达令同好集中在一起，大家都不寂寞了。尤其是身在海外的读者，能一下子和那么多人交流，是一件快乐的事！

上网次数的统计已超过三十三万。金庸旋风那几天每日有一万人上网，茶馆那晚更是打得爆掉。

网友都有别号，什么令狐情人之类。负责收信的工作人员也各有名称，像茶馆店小二、风骚掌柜等。我有机会看到风骚掌柜本人，长得高高的还蛮漂亮。网友与她不见面，但也能感觉到。

两个半小时的集会很快完毕了，观众全体拥到台前要求签名，一时应付不了。查先生兴致大增，请大家排队，一一签之。真是名副其实地签到手软。

新旧版本

学术研讨会的同时，有趣的是“金庸小说版本展”的举行。

先是展出作品首印剪报。在最早的连载于《新晚报》的《书剑恩仇录》至其他作品的剪报中，除回目外，每日附有小标题，并有云君插图。

“云君是不是早一天读完才画的？”我问查先生。

他回答说：“不。当天要写什么，打电话告诉他大意。文字和插图同时刊出。”

再下去是旧版绝版书区。是我当年读过那本薄薄的书籍，每星期集后出售。这部分也包括台湾禁书时代的版本。

另有金学研究丛书和在《中国时报》副刊中的《金庸茶馆》集成的书籍。

海外译本中有泰文、越南文、英文到最近的日译版。漫画金庸里有早在一九八四年区晴的作品。多媒体展示中金庸展出电视连续剧、电影、电动游戏、网站、舞台剧、有声书的海报、剧照和各种其他资料。

学术研究会中，淡江大学中文系教授林保淳还发表了他的论文——《金庸版本学》。

在一九五九年，台湾地区实行了“暴雨专案”，全面查禁与共产党有关的书籍。一听金庸的《射雕英雄传》，即刻联想到毛泽东词中的“射雕”，马上禁止。这时盗版图书出现，把书名作者名都篡改掉，《射雕英雄传》变成《萍踪侠影录》，作者是绿文。欧阳生的《至尊刀》就是《倚天屠龙记》，该书的人物名字也改了，张无忌变成葛万阳。《鹿鼎记》则改为《神武门》。真是荒唐。

金庸经过十年修改，新旧版本有何不同？

林保淳的论文是下过苦功研究的。举出：一、文字修辞的新旧版本对照；二、情节的改变；三、历史意识的强调；四、金庸版本学的意义何在等等。并非一般的戴高帽，可读性极高。

学术研讨会

参加金庸作品学术研讨会，有一点和其他会议不同的是，在网上的网友也能得到第一手资料。

会议进行中，网络记者不停地将各位学者发表的言论打成文字输出，世界各地的金庸迷即刻在网上看到。英文的研讨会也许采取过这个方式。中文的，这应该是首次吧。

研讨会分九次进行，每次讨论三篇论文，共三天。每次有一名著名学者当主持，评介及控制时间。最后一场圆桌会议由观察员发问。

金庸先生天天出席，直接回答疑点。这是学者们最高兴的事，他们说从前讨论已经去世的作家或科学家，死无对证。

武侠小说能成为各路学者的讨论对象，是件认真的事。刘绍铭讲《鹿鼎记》的英译、张小虹问金庸情是何物、Metr Shahar说小说中的“气”、Robert Chard的草莽阶层军事研究、柳存仁讨论全真教等等。

学者林富士的《武侠世界中的医者》中提出，像周伯通的双手二用，实际上是极有可能的事。这位学者曾经临床实验过左右脑中间被切除的病人，发现他左脑想上街，一直穿衣；右脑想休息，一直解纽扣。

还有一位学者讨论“不伦之恋”。问及道德水准，金庸先生回应："凡是法律规定的乱伦是不可行的，其他像教授和学生的恋爱没什么伦与不伦。"

另外有许多是以比较文学的观点来看作品，经常引述一些很偏门的外国作家理论，听起来就相当地沉闷。我个人对比较文学有偏见，认为要比较的话，自己的小说比较别人写得好就是。金庸先生笑笑，私下对我说："上次去美国科罗拉多开的学术研究也有许多是比较文学的讲者。六个女生出来讲，个个都比较漂亮，所以不闷。"

射雕英雄宴

和金庸先生来中国台北市，我是名副其实的“搲车边”（粤语，即“搭顺风车”的意思）。如果说有点小贡献，那就是促成西华饭店主办的“射雕英雄宴”。

事先远流出版社社长王荣文打电话给我，说出这个构想，要我组织一下。就找到了“镛记”的老板甘健成。

甘老板拍心口：“你说什么都听你的。”

这个承诺可不简单。我在他那里把菜试了一次又一次，忙得他团团乱转。

最担心的是西华饭店的主厨不能配合。甘老板先派弟弟来台一次视察环境，发现当地大师傅烧的是粤菜，都是由香港来的。而且还在“镛记”的大厨手下拜过师。一切便容易解决。

材料问题，甘老板亲自来台北的街市看过，就地取材可也，只担心做“二十四桥明月夜”的金华火腿了。这一道菜最刁钻，是黄蓉引诱洪七公的绝招。要把豆腐镶进火腿之中煮出。不被压扁吗？这是读者即刻想到的。

甘老板和我研究了又研究，最后结论是依足书上写的，不会离谱。先把整只金华火腿在三分之一处开了盖，再用电钻挖出二十四个小洞。用雪糕器具扒出圆形豆腐，先以火腿汤浸数小时再镶入火腿之中，铺上三分之一的盖。整只放入大蒸炉中炊之。

上桌时掀开，热腾腾地挖豆腐来吃，十二人每位两粒。至于火腿，按照书上所讲——弃之不食。

酒由西华饭店调配，称之“九花玉露液”，取自黄药师之配方。其他菜由香港、台湾两个地区的厨师合作，计有“英雄豪杰响叮当”“矫若游龙掷金针”“玉笛谁家听落梅”“荷香飘溢叫化鸡”“驼山西毒五蛇羹”“北丐降龙十八掌”“岁寒三友聚一堂”“独步天下蛤蟆功”“桃花岛上百花开”“碧海潮生曲”。

宴会一开，各界名人都被吸引来。算是厉害。

金语录

金庸先生这次在台湾回答记者的问题，有些是值得录下的。

关于射雕：汉时李广即有射雕之名。唐朝王维诗中有云：回看射雕处，千里暮云平。

关于电视剧《神雕侠侣》：制作人把黄蓉也改为坏人。这好像我把儿子放在人家家里寄养，这个人天天打我的儿子。看得心痛。

关于自传：根本就不值得写。

关于一生影响最大的事件：被当初在上海任职的报社派来香港。

关于何时开始看武侠小说：八九岁就沉迷。

关于新派武侠小说：自己还是喜欢看传统的。新派的去太空漫游，武侠变成科幻，无法接受。

关于有没有被古龙影响：我写小说时古龙还没有出道。

关于女权分子研究的“问世间情为何物”中的“物”是否为“信物”：问世间情为何物的“物”不是“物”，是“什么是爱情”罢了。情不是物，情是唯心的。

关于武侠小说里最喜爱的人物、现实生活中最喜爱的人物：都喜欢。历史人物中最推崇范蠡和张良。

关于自己的性格像不像书中人：我本身的个性和自己作品中

的每位人物都不像。其实我对爱情的理想就是像杨过和小龙女一样，只是我自己做不到。基本上，我写武侠小说的乐趣在于我要书中的俊男美女做什么，他们就必须做什么。做什么也好，不要做韦小宝。

关于把写武侠小说的绝技传给下一代：没有人肯拜我为师呀！

小金庸迷

不得不承认，香港的中文文化水平低过台湾很多。

像金庸小说，在这里看的多数是漫画或者电视连续剧，读原著的人很少。我还听过有些人说：“那是古文，我怎么看得懂？”

唉！

台湾不同，每个年龄层都有金庸小说迷。年轻的由八九岁就开始阅读了。到了十一二岁，已经可以和你讨论金庸。这次的会场中有许多十二三岁的读者发问，问题也绝对不是“你最喜欢的是哪一本书”那么笨拙。

拿书请查先生签名，认识的人怕太麻烦他，自己也想要一本但是开不了口。反而是他们的子女所托的，就厚着脸皮：“请问你可不可以为我小女儿签个名？”

查先生在书上写着某某小妹妹或小弟弟的，不知多少。

一般上都是父母爱看，就介绍给下一代。有些太过年轻，便由漫画读起。

“夜探金庸茶馆”那晚，有位少女带了一个小金庸迷老远地由台中赶到。

“你几岁了？”查先生问。

“六岁。”

大家都惊讶。

“是怎么看的？”

“我姑姑念给我听。”

接着小孩回答了几个问题，都头头是道很有条理，证明他对作品消化得彻底。

“你最喜欢的是哪一个人物？”

“杨过。”他回答。

“那你会不会像书中的杨过爱上小龙女呢？”查先生问。

六岁小孩冷静地说：“书上的小龙女不是杨过的真姑姑。我的姑姑是真的，怎么可以爱上？”

亦舒

转播站

亦舒：

你走了已有一段日子。

读者依旧看文章，不觉得你的离去。但是做朋友者，想念得紧，许多我们共同认识的都问候起你。书信可解决乡愁，也能变为一种负担。记得当年我在外国留学，虽然得到家书的喜悦，有些不想回复的问题，如何下笔，犹豫个老半天。

我想，要是书信也是一条单程路，那该有多好！故居的消息，友人的近况，全部定期阅读，但又可不必回信，天下还有更乐的事吗？

多年前，我写过一篇叫“中秋”的短文，说月亮是一个转播站，当晚大家看见月亮的时候，古今友人，思潮结合。

转播站发出的讯息是公开的，大家都能参与，喜欢时才收听，今后想念你的老朋友，都可以通过这个电台当DJ（主持人）。

祝福

蔡澜顿首

情歌

亦舒：

近来多与你老哥和大嫂吃饭，因为他们也快出国，我身边又将少了一位喜爱的朋友。

和你老哥在一起总是乐趣，他不怕肉麻，什么话都讲得出。

转了性的倪匡，每天早上上街市，亲自下厨烧几个送酒菜与你大嫂分享。

我们在表示羡慕时，他老人家变本加厉地抓着你大嫂胳臂，嘟着嘴做求吻状，大唱："妹妹我爱你。我爱你呀，我爱你。"

这首山歌是客家人最拿手的，我教他以客家话唱出，他一学就会，而且来得一个标准，比粤语更正确地发音。但是还有很多人听不懂。

想起广东老歌《点解我钟意你》，座上年轻的一辈不会，倪匡却即刻记得，又唱："点解我钟意你，因为你系靓。点解我钟意你，因为你系靓，白白净，真靓。所以我钟意你，钟意到我病……"

笑得我们由椅子掉下地。这种人就算做尽天下坏事，也舍不得离开他。

祝福

蔡澜顿首

围棋

亦舒：

在黄霑家做客时候，看到他案头的原稿，发觉他标题也写在稿纸的第一行的格子里，三四个字已经当填满二十。

我惊讶。黄霑笑我这么多年来还不懂得用这个方法节省字数。

想想，这也不应该怪黄霑，因为有许多出版商已经先用肮脏手段对付我们。记得在一本月刊写东西时，对方答应我一个字是多少钱，结果寄来的稿费不对。原来这家伙不但把行头行尾的空格不算，而且还将标点符号也删除，实在太奸。

对付这种人，只有用黄霑的办法：讲好一张稿纸的酬劳，然后尽量空格，最好是算到把休止符放在新一行的第一个格子上。

当然，文章的内容比字数重要，密密麻麻但枯燥无味的例子诸多。私向来主张排版应像下围棋，应有空间喘气，构图也较悦目，并非稿费或偷懒的问题，你说是吗？

祝福

蔡澜顿首

八

亦舒：

谈谈你的几个老友的近况。

方盈做过我监制的两部电影的美术指导，成绩不错。戏本身嘛，反正是商业片，不值一提。

胡菊人兄的足部梨状肤要开刀，我们都为他担心，但他有贤淑的太太照顾，算是福气。

简而清兄正在发明一种游戏，与易经有关的成人游戏，叫我去他家试玩过几次，甚有趣。这游戏将大量生产贩卖，大家预祝他成功。

李纯恩要出版照片集《黑白有色》，叫我给他写标题和序。四个字的标题容易写。序，他说要写长一点，结果我替他拍了一张照片充数。

张敏仪最近有个嗜好，要她手下八一些内幕给她听，其实有谁不喜欢八一八？

戴天每周一次在专栏上八卦说谁和谁吃饭，读者最多，他说这是“高级八”。

至于我，准备改行当茶商，这也是八八而已。

祝福

蔡澜顿首

海盗

亦舒：

我们的专栏在星马被报纸转载，从前是没有稿费收的。当然，你和倪匡兄的是例外。

后来我回新加坡，报馆的总编辑请我到他家吃饭。我忘恩负义地吃饭后递律师信给他，结果才在和谈协议下得到零碎的稿酬。

吃过甜头之后我到马来西亚去，想用同一个方法去对付各报老总。

抵达槟城，受热烈的欢迎，接着便是参观报馆。是间小小的三层楼的建筑物，低层为印刷厂、二楼排字、编辑部在顶层。寥寥数人，忙得不可开交。同事们说虽辛苦经营，但其乐无穷。

见此情景，对他们肯翻印我们的作品已感荣幸，岂敢追债？

我们的书在星马的售价本来二十块港币一本，他照卖二十块星币或马币，书局有四五倍的利润，但他们的书店，全靠坏账才能生存。吉隆坡有个人海盗我的荤笑话书，将原装缩小贩卖，但印刷精美，我看得爱不释手，听说是个和尚出版的，想求见答谢，岂知和尚跑得无影无踪，遂达不到目的。

祝好

蔡澜顿首

澳洲笑话

亦舒：

查老板请客，在福喜吃日本料理，大家本来决定去日本玩，但是却觉得去得太多次，不如找个新鲜一点的地方。

首先有人提出去非洲，你哥哥即刻否决。接着是近一点的泰国，他又否决。再下来是欧洲，当然他又是否决。

最后由他决定去哪里。他说去澳洲的大堡礁，不因为它是世界七大奇观之一，而是那里一定有海鲜吃。

澳洲令我想到一个笑话：非洲像少女，不懂人事；东南亚像怨妇，热情如火；欧洲像老妇，已归平淡。澳洲呢？是个出名的丑女，谁都认识她，但谁都不会去找她。

唉，既然澳洲也去得，下一站可能是加拿大吧。

祝福

蔡澜顿首

三洲书

亦舒：

终于由查先生请客，我和你大哥大嫂及数位好友去了日本。

吃完睡，睡完吃，享尽最高级的牛肉、鱼虾蟹：半夜再吞碗叉烧面才肯入寝。他在几天内胖了几磅，大叫："太痛苦了！"

旅途中，聊过今后如何联络的事，大家决定在副刊开个方块，联合董梦妮，每人一个月写十篇。梦妮身居澳洲，倪匡在美洲，我留在香港算不了什么大地方，勉强说是亚洲吧，故栏名取为"三洲书"。

我们将自说自话，偶尔也互相交换点意见。当然还是以风风月月的人生乐趣为主题。

今晚，倪匡兄嫂上飞机到旧金山，我没有送行。他性子急，一抵机场一定第一个冲入闸，见不到他影踪的。

依他的个性，玩金鱼、贝壳、音响等，一个时期换一个，丢下后再也不沾手，去了美国是不会回来的。我们多希望他再扭计，一着陆马上改变主意，打回头，但……

祝福

蔡澜顿首

文章

亦舒：

本来拟好的专栏名字是“三洲书”，由你大哥、董梦妮和我三人轮流执笔。前几天查先生通知，命名为“海石榴手札”。

这是我们旅日住的旅馆，印象良好，三人合写的主意又是在该地产生，这个标题来得亲热，字面上亦较有诗意。

谈到查先生智慧，记起一段往事：

有一次到台北古龙家中做客，刚是他最意气风发的时候。古龙说：“我写什么文字，出版商都接受：有一个父亲，有一个母亲，生了四个女儿，嫁给四个老公，就能卖钱。”

返港后遇查先生，把这件事告诉他，查先生笑眯眯地说：“我也能写：有一个父亲，有一个母亲，生了四个女儿，嫁给五个老公。”

“为什么四个女儿嫁给五个老公？”在座的人即刻问。

这就是叫做文章！

祝福

蔡澜顿首

僵

亦舒：

约好倪匡写“海石榴书札”专栏，这事我已等不及地爆出来。但是他告诉李纯恩，说不写了。问原因，回答说：“手僵了。”

旧金山真的已经那么冷了吗？我不知道。

倪匡一不写，有一千零一个理由。

目前在香港只能看到他在一家报纸上的卫斯理，听说是以前未发表过的存稿。他做人很绝，我们也没有理由迫他做他不喜欢的事。

第一个反应是：那么多的新稿纸，怎么办？

临走之前，他叫倪震替他印了几万张，果然和从前的一般考究，纸张庞大，有四个印章，三枚是我帮他刻的“倪匡”“余有四好”“酒色财气”。他摇摇头，说：“这些纸不吸墨，怎么写？”

可惜的不是他不写了，而是我刻的印不见天日。

创作欲和性欲有关。我想，他僵的不只是手。哈哈哈。

祝福

蔡澜顿首

乐土

亦舒：

我的写作习惯是小睡之后埋头到明天。刚才惊醒，梦见到黄霑宅，你大哥亦在。原来他根本没有离开过香港躲起来。

两人饮酒作乐，并以手提电话传呼最新女友两名前来。闻其名，原来是港姐冠亚，好生仰慕。

我因渴睡，拉开沙发床横卧。

不一时，二女出现，且带台湾北投之三人乐队Nagashi，载歌载舞。

倪匡大乐，称如此乐土安能弃之而去？

我欲睁眼参加，但被睡魔侵袭，起不得身，恨未能消。

另有三名大师傅到会，烧新界盆菜宴之。第四名厨子是越南人，拿了龙虾灌为腊肠，蒸熟后上桌。

二女舞蹈，已达疯狂地步，尽宽衣。斯时你大嫂出现，手拿篱笆大剪，发出Chop Chop之声，倪匡和黄霑遂落荒而逃。

祝好

蔡澜顿首

产品

亦舒：

刚刚和倪匡通电话，他说搬到美国，兵荒马乱之中还写完了一本新的卫斯理，证明他的创作力还是很旺盛。科幻小说迷尽可放心，倪匡的书陆续有出。

本来你们兄妹的事可以直接联络，但是你们神经起来，心中挂念却老死不相往来，只有由我这个多事的做中间人。

问他真的不写“海石榴手札”？他回答在美国生活平淡，有什么好写？难道读者要看他每天买菜煮饭？

说真的，要是他写买菜煮饭，也有很多人读，至少比八婆们讨论如何做女强人的文章好看得多。

谈到写作环境，不明白为什么你们都要在书房中创作。我的习惯一向是在客厅中写，认为越大的地方写东西越是舒畅。一个家，还有什么地方大过客厅的？

不过，写出来的东西还是比不上那群八婆，倒是真的。

祝好

蔡澜顿首

请安记

亦舒：

返南洋探亲，遇查先生夫妇。《新明日报》的杜南发兄嫂也到访，在酒店共聚，兴致一起，说打电话到旧金山找倪匡。

众人轮流地疲劳轰炸。

倪匡咭咭笑，回答我们的问题。称生活愉快，要我们别为他担心。再反问我们的近况，答案也和他的一样。

最后才想起，急忙地补充，“现在旧金山几点了？”

“清晨五点半。”倪匡说。

要死了，那么早打扰人家的清梦，连忙道歉，对不起，对不起。

“没什么，反正这里生活平淡，起身了再睡，一点问题也没有。”倪匡语调还是愉快，但听出一丝丝的无奈。

挂了电话好生后悔，他已生活在一个不同的世界，我们为什么还不肯放过他。决定今后再不用电话，以书信请安较佳。

祝好

蔡澜顿首

焚香

亦舒：

一早起身，沐浴、焚香、正坐、写心经。

看电影时见焚香炉，以为易事。自己动起手，才暗暗叫苦。

烧炉香，先点香粉，再把檀香枝架起。细心焚之，经常熄灭，令人懊恼。后来渐渐上手，但还是不称心。经长者指点，知道用的香炉太新，换了一个古物，至今才算到家。

点香柱就方便得多。但一般拜神者，味多浊俗。近有一群发烧友用最高级的沉香制柱，名为“六和”，每盒六十枝，卖三百大洋。也许有人认为贵，但每枝可点一小时以上，平均一枝五元。得到的宁静，是物有所值。

在办公室点了一枝，自己只觉得幽幽的微香。但老远的门口，同事们已经闻到浓郁的香味，实在厉害。

沉香这种东西浸在水中皮干皆烂。但枝身如铁，烧起来还发油，真是奇妙。

香在外国，不被欣赏。鬼佬们焚香，多数是用来遮掩大麻的异味，大失情趣。

祝福

蔡澜顿首

汤

亦舒：

倪匡对广东人的汤印象不佳，见到章鱼煲莲藕汤，就骂说什么颜色暧昧，你大概不会有那么偏见吧。

海派人士对汤没什么研究，习惯如此，怪不得你们。到了夏天，你们多喜吃泡饭。介乎饭与粥之间，已算是汤了。

有什么药比食疗更好？从前的顺德女佣，见主人面色而设计汤水，缺什么补什么，请到她们实在是福气。我只能聘一菲佣。唉，只有自己下厨。

今天煲了一大锅苹果猪骨汤。花园街的苹果十元十个，又肥又大。削了皮，扔一大块猪骨进去一起煲。简单美味，又是解酒的良方。

想起上海人的蛤蜊炖蛋，算是汤吧，但是现在的沪菜馆连这个菜都不会做了。不过话说回来，广东店的什么阿二汤之汤，也进入工厂大量制造，逊色得多，小老婆变成了工厂妹，厨艺当然不够好，不知在其他的服务上有没有力求进步？

祝福

蔡澜顿首

忙

亦舒：

你写过：香港根本是仆街集中营，人人以仆来仆去为荣。冇得仆，先至倒霉。

的确如此，认识的人没有一个不是忙的。忙些什么，有无成绩，都不要紧，最重要是忙，才有点生存价值。

说也奇怪，香港人没一个不忙，但是要抽出时间的话，总是做得到的。有朋自远方来，怎么样忙也挤出空闲叙叙旧。

我想，香港人的忙，最终的目的还是随时随地“不忙”的权力。

移民到远方的人也忙吧，忙着去把时间浪费掉。

最近有个茶室要我替他们写一副对联，我看到地方畅阔，又把两层楼打通，楼层很高，至少有二十四英尺（一英尺=零点三零四八米）。七字对联不称，干脆写成十五英尺长的：

“为名忙为利忙忙里偷闲喝杯茶去。

劳心苦劳力苦苦中作乐拿壶酒来。”

祝福

蔡澜顿首

宠

亦舒：

和你大嫂吃饭，话题当然离不开倪匡最近干什么。

倪太说整天除了煮三餐之外，什么都不做，大门一步也不出，除了买药。

但只有一次例外。那天倪匡兴致到来，称带太太去看金门大桥，倪太没去过，倪匡说："你揸车，我看地图。"

兜了几个圈子还是找不到之后，倪匡看到一条路，说直去就是了。但倪太一看，是条自行车路，不肯开进去，倪匡却大喊要直撞。最后只有迁就他，好在没有大货车进出。

到了金门大桥，泊车位满，倪太要停在远一点地方。倪匡又扭计，连几步路也不肯走，结果金门大桥只有看一眼作罢。

倪匡是给我们这班朋友宠坏的。查先生宠他，黄霑宠他，没有一个人不宠他。他便变本加厉，完全不讲理。

唉，这么一个妙语如珠、常惹人大笑又语言常令人沉思的人物，不宠他，难。

祝好

蔡澜顿首

儿女

亦舒：

你在专栏中提到，也许读者想知道我为何膝下犹虚。答案很简单：我还没有大，怎么有能力照顾下一代？

读李纯恩的玩女之乐文章，有如看史蒂芬·金的小说，毛骨悚然。

亲朋好友中也有无数的例子，结论是永远的担心。我现在过的日子，总是向着尽量减少忧愁而努力。今天活得比昨天好，已经满足。或者有人批评我自私，但一种米养百种人，就让我略为“和而不同”吧。

生女儿，由她们月事来时开始怕别人来沟，等到三十岁嫁不出去，又怕没有人来沟；生儿子，怕他吸毒搞同性恋，唉。

我又反对现有的教育制度。要是有孩子，我的条件是不让他们上学校，一切由我自己来教。但是工作需要我四处飞，加上自由自在的个性，我是不适合有孩子的。

天下美好的事太多，也明白养儿育女的乐趣，但是不想试了，我不贪心。

祝好

蔡澜顿首

喝酒

亦舒：

那天去三联为家父买书，遇一女职员，称有位客人不断询问你哥哥的《六指琴魔》是否有续集。她找不到倪匡，硬要我代问，因此致书。今日得他回信。他说并无续集，不过这种破书也会有人问，可知写作生涯甚过瘾。

又，到过一个酒会，遇卜少夫先生。他老人家说也得倪匡来信，称已不喝酒。

听了大吃一惊，他已不喜交际，除了买菜不出门，这正常得很；没有女朋友，有点反常；但不喝酒，唉呀呀，唉呀呀呀呀（最后两个呀要提高半个音读出）。

即刻确定是否有此事实。倪匡笑着说：给卜公信曾有“足不出户、酒不沾唇”之语。只是为了讨句子工整。其实，酒是入口，不必沾唇的。昨晚被曾江、焦姣在街头拦腰抱住，就报销了一瓶好酒，云云。

擦了一额冷汗。

总之倪匡做什么坏事，撒什么谎，皆有一套方法解释。有时无耻到说得出喝酒是上帝教的。

祝好

蔡澜顿首

冧老婆大王

亦舒：

查先生夫妇请吃饭，有倪震和你老友张敏仪，陪客的是李纯恩和我。

当然话题离不开你和倪匡。我们说你的全部坏话，这里不赘。

谈到倪匡。倪震说他母亲返港的第一天打电话到旧金山去。倪匡听到电话一响，知道一定是倪太打来的，即刻做了一个寂寞得不得了又非常无精打采地："喂——"了一声。

"老窦。"倪震说，"是我呀，你先别那么快用这种声音来'冧'老母啦！"

"衰仔！为什么不一早开口？"倪匡骂道，"快叫你老母来听。"

倪太一接过电话，倪匡大吐苦水，骗得她大乐。最后他还命令不准倪太两个礼拜才回来，十天好了。

我们听了都俯首称臣，叫倪匡为冧老婆大王。

祝好

蔡澜顿首

鼻祖

亦舒：

“那么你呢？你老窦那么厉害，你有没有学到几招？”张敏仪问倪震。

倪震说：“我妈呀？我妈很容易被人家‘冧’的，不必学。”

大家都骂倪震：“谁说你妈？说你自己呀？‘冧’女朋友，一定有几下散手。”

倪震唯唯说：“那么肉麻的话，还是留给老窦去说吧。我说不出口，我只懂得送礼物！”

其实“冧”一下老婆，大家都会。天下老公大可组织一党，号称“青山冧妻派”。倪震说，由倪匡做掌门人。

“为什么要加个青山？”有人问。

倪震说：“不为什么，加个青山好像武侠小说一点。”

大家又笑又骂他：冧得多了，住进青山医院去。

“那么查先生呢？”张敏仪问，“查先生是不是也是属于冧老婆派的呢？”

查先生听后，含情脉脉地看了查太一眼，微笑不语。

大家都说查先生是此派的鼻祖。

祝好

蔡澜顿首

喂鱼的故事

亦舒：

倪匡常讲一些倪震小时的调皮捣蛋故事，如怎么骗他姐姐的“聪明豆”吃等等，相信你也听过不少。

当晚倪震在场，就叫他证实这些往事的真实性。倪震笑着摇头：“都没有发生过。老窦讲故事但求娱乐性丰富，真的和假的都不重要了。”

倪震对他童年的一些不愉快回忆只是淡然化解，没有一点苦涩。现在事业有成，对父母还是那么孝顺，大家都点头赞许。

“那个跳玻璃桌的故事不会是创作出来的吧？”我问。

当年是倪匡的养金鱼时代，家里有许多金鱼缸，连桌子也换成一张玻璃的。倪震一直往桌子上跳，倪匡说终有一天会受伤。果然不出所料。桌面碎了，倪震给玻璃刮出一小块肉来。

“那故事是真的。”倪震承认，“结果老窦把那块肉拿去丢进金鱼缸里。他养了一群吃人鱼，看看它们到底吃不吃人肉。俗语说‘食得唔好嘥’嘛。”

看样子倪震也学到他爸爸那但求娱乐性丰富的一招。

祝好

蔡澜顿首

姘头

亦舒：

倪震说完喂鱼的故事之后，轮到我了。我这个故事是由焦姣讲给我听的。

话说焦姣和曾江到旧金山，打了一个电话给倪匡。因为知道倪匡已经大门也不爱踏出一步，没有勉强见面，只问些近况。

倪匡老婆去度假，留下他一个人真逍遥，买菜做饭，生活多么自由自在！

挂上电话，焦姣再仔细看地址，原来她住的地方和倪匡的是同一条街，只是一个街头，一个街尾。焦姣不死心，叫曾江开车过去看看倪匡住的是怎么样的一个地方也好。

只见是座两层楼建筑物，有个小花园，这就是倪匡的新天地。说时迟那时快，迎面走过来的那个人不是倪匡是谁？焦姣跳下车，走到倪匡身后，拦腰一抱。倪匡给一个女人那么一抱，吓得灵魂出窍。他一转过头来，看到焦姣。

“吓死我了，我还以为是我的姘头。”倪匡大叫，“好在是曾江的姘头！”

倪匡反应之快，又令我们俯首称臣。

祝好

蔡澜顿首

香港樱花

亦舒：

红棉花开过、结果，现在果实爆开，一团团的棉花在空中飞翔。

离开香港，许多回忆，因人而别。绝大多数是想起香港的各种美食，这理所当然，但那些人偏偏去想一些不愉快的往事，就太可怜了。

我在一个地方住久了，回想起来，第一件是那地方的树木和花朵，就算是没有离开过，也特别注意花木，它们令我想起去年在这个时候和什么人在一起喝过的美酒。

代表香港的花卉很多。过年的桃花呀，接着的杜鹃呀，都灿烂到醉人。

到了夏天，的士大佬在车头上摆的姜花香气扑鼻，还有浓郁的木兰呢？又怎么忘得了插在老太婆髻上的含笑？

最爱的是像花似叶的石栗。太子道整条街都见，半山区、清水湾道的远处，石栗一开，好像树顶上盖了一层霜。石栗花飘飞，布满地面，我叫它们为香港樱花。但比日本樱花长寿，可观日子有三个多星期。你记得香港樱花吗？

祝好

蔡澜顿首

黄霑

黄霑再婚记

黄霑和陈惠敏终于结婚了。

别误会，黄霑没有同性恋的倾向。这个陈惠敏不是武打明星的陈惠敏，是位叫云妮的小姐。比黄霑小十七岁，是他从前的秘书。

早在做《今夜不设防》电视节目时，黄霑告诉我们关于云妮的事。

“简直像金庸小说里的人物。”倪匡说，“怎么可以不要？一个男人一生中有多少个像云妮那么死心塌地爱你的，你不要让给我。”

当然倪匡是说着玩的，黄霑是死都不肯让出，所以才搞到今天结婚这种结果。

在十一月初，黄霑和云妮从香港直飞旧金山，先拜访倪匡这个老友。黄霑前一阵子每天上镜，累死他了，和倪匡说了一会儿之后便回酒店，大睡数十个小时。我们听了，点头说此时是真睡，不是和云妮亲热。要是洞房那么长时间，怕他已经虚脱。

在旧金山住了三天，便飞拉斯维加斯。大家都知道，这是天下结婚最方便、最快的地方。

“一到了马上办好事？”我们做急死太监状，盘问黄霑。

“当然不是啦。”他说，“我们先去看赌场的表演，又去吃一餐中饭。遇到澳门来的叶汉先生，认得出我还帮我埋了单。”

“后来呢？”我们又追问。

“虽然说是去结婚的，”黄霑回忆，“但是云妮还没有答应。”

我们心里都说：“到了这个地步还不点头，天下岂有这等怪事。”

只好等着他要花枪，耐心地听他讲下去。

黄霑说：“到了第三天，我们在街上散步，我才向云妮建议：现在结婚去。”

“她点头了？”我们假装紧张地问。

“嗯。”黄霑沾沾自喜。

“是不是在教堂举行婚礼的？”

“不是。”黄霑说，“不能直接到教堂。”

这又是怪事了。

“先要领取一张结婚准证。”

“什么准证？”

这次是他的第二回，以下是黄霑的结婚故事：

我们必须先去一个政府机构，说出护照号码，登记什么国籍的人等等。一走进去，那个政府人员在看我身后有没有人，又指着云妮，问道：“这是不是你的女儿？你的太太呢？”

我说这就是我要结婚的人。那官员听了羡慕得不得了，马上替我们登记，然后收费。

“多少钱？”我问他。

“七十五块。”

“这么贵！”我说。

“那是两人份的登记费呀！”他说。

我心中直骂："废话！结婚登记不是两人份是什么，哪里有一人份的。"

也照付了钱，问他说："附近哪一家教堂最好？"

"都差不多。"他说，"就在我们对面有间政府办的，你要不要去试试看？"

当然是政府办的比私人办的正式一点，我就和云妮走过了一座建筑物。它不像是一个让人结婚的地方，倒像一间医院。

门口有一个黑人守着，这地方是二十四小时营业的。生意好像不是太过兴隆，所以那个黑人翘起双脚架在门上睡觉。

我把他叫醒，说明来意。他即刻让我们进去。

里面只剩下一个女法官在办公，她是国家授权让她替人家结婚的。

她一看到我们，又望我的身后有没有人，指着云妮说："这是不是你的女儿？你的太太呢？"

差点把我气死了。

她要先收费，又是七十五块美金，两人份。

"跟着我说。"她命令，"我，黄霑，答应不答应迎娶陈惠敏，做我的法律上的妻子，爱她、珍惜她，在健康的情形，或在生病的状况，直到死亡为止？"

我们都说一声："I do。"

她问我："有没有带戒指？"

我们哪有准备这些东西？摇摇头。

"不要紧。"她说完从桌子上拿了两个塑胶圈，让我们互相戴上，大功告成。

女法官在结婚证上签了名，盖上印，交了给我。

我一看，看到证婚人的栏上写着一个叫罗拔·钟斯的人，从不相识，便问她道：“谁是罗拔·钟斯？”

女法官懒洋洋地说：“就是他。”

指的是睡在门口的那个黑人。

黄霑的故事

黄霑在念中学时候，向他同级的一百个同学说："在丽池有一个很红的舞女，漂亮得不得了，你们想不想去试试？"

同学们听了都流口水，大家拼命点头。

"但是。"黄霑说，"她的过夜费很贵，要两千块钱才肯出去。"

当年两千块钱是个天文数字。同学听了都很失望，摇头叹息。

"我有一个办法。"黄霑说，"我们大家一个人出二十块，一百个人就是两千了。我们再来抽签，抽到谁，谁就可以去享受了！"哇，同学们都举手赞成，大家掏出二十块钱来。最后，中奖的当然是黄霑，他在抽签时做了手脚。

拿了那两千块钱，黄霑找到那个红舞女。

"两千块钱不少，你这个小鬼哪来那么多钱？"红舞女把钱放进皮包之后，好奇地问黄霑。

"那是我们一百个同学捐出来的！"黄霑说。

红舞女听了很感动："你那么看得起我，我一定要好好地报答你，我要为你做一件我从来没有做过的事，我不收你的钱。"

黄霑高兴死了。

红舞女说完，真把钱送还给黄霑，是他拿出来的二十块。

黄霑去非洲

黄霑去了非洲，第一件事就是去探险。

他带着一队非洲土人往森林前进。因为他个性好强，一定要去一个鬼佬也没有去过的地方才能表现出自己的威风。

探险队走了几天几夜，带路兼翻译的非洲小子对黄霑说："大家都疲倦了，不如在这里歇歇脚明天再出发。"

黄霑不听："什么新奇的东西都没有看到，怎么可以停下来？不，前进。"

走呀，走呀！经过一条小溪，忽然听到少女们嬉笑声。

黄霑拨开树叶一看，哇，不得了。他看到一群土女围着一个又高又壮的土人在河中沐浴。

那个土人的宝贝之大是黄霑从来没有看过的。他马上把翻译叫来，对他说："喂，你过去问问那个土人，说我可不可以替他拍张照片，我要拿回去登在八卦周刊。"

翻译点点头，向土人叽里咕噜了一阵子，回来报告黄霑。

"他说什么？"黄霑问。

翻译说："他要问清楚为什么香港人那么好奇，难道他们的东西浸在水里久了不会缩小吗？"

交友之道

周末约黄霑，我建议吃辣的或炒猪杂，他却不能吃。提了两个地方给我选择："福临门"或"醉湖"。

我对鱼翅鲍鱼的兴趣不大，"醉湖"有个叫"鱼蓉米粉"的菜，吃得过，就决定了后者。

黄霑带了一从国外同来的女医生。黄霑介绍我是拍片子的，她客气地说："对不起，我不大看电影。"

我也很客气地回答："不要紧，我也不大看医生的。"

话题转到交友之道，现在正被四方围剿的黄霑，我们乃是好友。

在一起做电视节目时，他，倪匡和我有个默契，那就是不管什么人在背后说我们坏话，一律忽视。

至今这个承诺，还是遵守。之前有人说黄霑，我笑笑："我不生他的气，不就行了吗？"

至于他说什么人是英雄，我不能苟同，但每个人有权发表他的意见，我还是不会骂黄霑，也许只是在友人面前发发牢骚，就此而已。

即使黄霑勾引了未成年少女，朋友还是朋友。有一天真的看不过眼，那么少来往即是。

久之又有会合的机会，大家只谈往时好日子，其他的都忘记了。

数十年的友情建立之后，大家的缺点了然，但比交新朋友舒服。有些人认识过即发觉不能来往，便当他们透明。如果现在还能互相接受的老朋友，总是优点居多。

不能抹杀黄霑在音乐上的才华。有许多曲子是我喜爱的，一听就知道是他老兄的作品。谈话之间，也知道他对我的乱涂文字还在阅读。很显然，他并没生我的气。

转与否，是个人自由。况且，转这件事很容易上瘾。转呀转呀，就转回来了，也说不定。

古
龙

谁来跟我干杯

古龙的武侠小说大家看得多，原来他也写过一些散文。现在我看的这本《谁来跟我干杯》由天津百花文艺出版社出版发行，有根有据，大概不会是盗版吧！

全书分两个部分。前编的《人在江湖》是随想，后编的《谈武侠小说及其他》是古龙的读书心得。

散文文字最能洞悉作者的心声，和小说不同，不能掩饰自己。古龙在一篇叫《却让幽兰枯萎》的文章中提到，他一生中没有循规蹈矩地依照正统方式去交过一个女朋友。

他说风尘女子在红灯绿酒的互映之下总显得特别美，脾气当然也没大小姐那么火爆，对男人总是比较柔顺。

但是，风尘中的女孩，心中往往有一种不可告人的悲怆，行动间也常会流露一些对生命的轻蔑，变成什么事都不在乎。所作所为，带浪子般的侠气。

古龙形容的这一行业的女性，是那么的贴切，真是服了他。

别人还正常背书包上学，古龙已经“落拓江湖载酒行”了。对于本身就有流浪子血液的孩子来说，风尘女子的情怀正是古龙追求的。

十里洋场之中更少不了酒。古龙说他开始写武侠小说，就开始赚钱，而一个人如果只能赚钱而不花钱，不如赚得愉快，花得愉快。同样的，酒也要喝个愉快。

古龙喝酒是一杯杯往喉咙中倒进去。是名副其实地“倒”。不经口腔，直入肠胃。这一来当然醉，而大醉之后醒来，通常不在杨柳岸，也没有晓风残月，就是感到头大五六倍。他的头本来就很大，不必靠酒来帮忙，我想他喝了酒，别的部位也大了吧，不然怎么应付得了那群有经验的风尘女子？

古龙和吃

古龙在他的散文集中谈的吃，从牛肉讲起，他最爱“唐矮子”的牛肉。

唐矮子有个伙计叫王毅军，长得人高马大，腰粗十围，和唐矮子大异其趣，人家就叫他“王胖子”。

“王胖子”出来开店，在新生南路和信义路十字路口桥头，很受欢迎。后来去了美国。

现在还开的牛肉铺只剩下桃源街的老王记了，你到桃源街也看不见老王记的招牌。问的士司机，他们会帮你找到。在店中吃牛肉，想起古龙不知在哪个座位坐过。

至于古龙说的昆明街那一档，我去找过，没发现。古龙形容这家店的老板娘用竹筷子夹牛肉到碗去的神态，戴老花眼镜，专注与慎重，简直像选钻石一样。

排骨方面，古龙爱吃“金围”和“淞园”这两家，不知现在还在不在？

不过他说当年吃的，也大多数是“一口咬下去，就好像咬到一块外面裹粉的油炸甘蔗板，惨绝人寰”。“惨绝人寰”这四个字倪匡兄也爱用。

武昌街和中华路的转角处，有档叫“鸭肉扁”的，古龙说这家人的生意“好得造白”。常去吃，这家人现在还在，而且变成连锁性的铺子，开了好几家。我上次去吃，发现没有从前那么好，鸭肉有点硬，但滋味还是好过其他的。基本上“鸭肉扁”和香港卤水鹅的做法相同。

餐厅方面，古龙喜欢去永康街的“秀兰”，当今开了两三家，是台北热门的铺子，做的是改良过的台式沪菜。

古龙偶尔也吃咖喱饭。有一家大排档的老板赚了钱就跑舞厅，遇到古龙。古龙去吃的时候老板故作神秘状偷偷一笑，意示彼此守秘，但也不会在饭上多浇一勺咖喱。

黄永玉

万荷堂堂主

“你来了？好，好，我派司机来接你。”黄永玉先生的语气是高兴的。

上一次到北京，已是六七年前的事。现在机场是新的，很有气派。街道两旁的大厦和商店林立，比以前多。黄先生住的“万荷堂”离市区要一个小时的车程，车子约好在下午两点，我刚吃过午餐，上车就睡。

一醒来已经到达，简直不敢相信在茫茫的农地上有座那么大的古堡式的建筑，经过的人还以为是什么电视片集搭的外景呢。

车子进入一城门。只听到一阵犬吠，接着就是几条大狗想往我身上扑来，但给黄先生喝了下去。

“地方到底有多大？”是我第一个问题。

黄先生笑着：“不多，一百亩。”

我想中国画家之中，除了张大千在巴西的田园之外，就是黄永玉先生拥有最大的一块地了。

“先带你四处走走。”黄先生说。

入眼的是一片长方形的池塘。现在晚春，荷叶枯干。种上一万株荷花绝对不是问题，十万也种得下。若在夏天盛开，当然是奇景。

围绕着荷池的是很多间建筑，都是二层楼的客房，里面摆设着黄先生自己设计的家私和他一生在外国收集的艺术品。

“我说过，你要是来住，就给你一间。”他笑着说，“到了荷花开的时候，请歌舞团在台上表演，你可以从阁楼观赏。”

没经历过，只有靠想象。黄先生一定会约好他的老友，一家人住一间，效古人之风雅。

“我最想看你的画室。”我说。

“这边，这边。”黄先生指着，门上的横额写着“老子居”。好一间“我的画室”，奇大无比，铁板入墙，让磁石吸着宣纸边缘，画巨大的作品。桌子上的画笔和颜色零乱摆着，要些什么，只有黄先生一个才找得到。

“今天早上画了两幅，还没题字。”黄先生说完拿起毛笔。

整张画上一下子题满了跋，题跋是中国画中不可分割的部分，但从来未见过一位画家像黄先生那么爱题跋的。他的跋就像诗人的短章，或是一篇很精简的散文，也是他的语录。时常很有哲学味道，多数诙谐幽默，坦荡胸襟。意味深长的有：“世上写历史的永远是两个人：秦始皇写一部，孟姜女写一部。”或者轻松地说：“郑板桥提倡难得糊涂。其实，真糊涂是天生的，学也学不会。假装的糊涂却是很费神，还不如别学为好。”

犀利的是，跋在画的空白处一下笔挥之，随想随写，不打稿，也不修改，写到最后刚刚好填满。不松懈，也不过密。最重要的是没有破坏整张画的构图，只增加神采，是“胸有成竹”这四个字的活生生例子。

惹祸的猫头鹰就不必题跋了。他说过：“我一生从不相信权力，只相信智慧。”

在一九五三年他和齐白石合拍过一张照片，老人身旁那位大眼睛的少年一看就知道是位聪明绝顶的人物。黄先生是位生存者，在任何逆境之下都能优哉游哉地生存下去。“文革”难不了他。主人轻描淡写地说：“我的八字好。”

何止天生？后来的努力也可以从他画的白描树藤见到。那种复杂错综的线条一根搭一根，比神经线还要精密，又看不出任何的败笔，要下多少功夫才能完成！

我们在客厅坐下，湘西来的姑娘捧上茶来。我问她：“这么大的地方，要用多少人？”

“就是我们四五个人。”她回答，“还有十几条狗。有人进来先要过狗这一关，然后……”

黄先生从门后拿出一根木棒，要我试试它的重量，木棍双头镶着铜，棒心填满铁沙，重得不得了。他示范着：“这种棍不是用来打人，是对着人家的心脏捅。”

接着他问：“你知道打架的艺术吗？”

什么，打架也有艺术？黄先生接着告诉我一个故事：“‘文革’时期周恩来先生带着我们一群艺术工作者到处避难，有一个出卖过我们的坏蛋专门与我们作对，我们去到哪里他跟到哪里，用小册子记录行踪，看有什么行差踏错，准备把报告写给江青。‘四人帮’消除后我找上他住的旅馆，见人就打。打架的艺术，是在把自己豁了出去，不怕被人打，只是打人。”

个子小小的黄先生，打起人来，也够呛的。

其他客人陆续来到，有黄苗子和郁风夫妇，都是老友了，他们大部分时间住澳洲儿子家里，在那边也看我的鬼故事，说像在床上写得那么轻松，我很想解释是挨夜逐个字写的，但也只笑着不开口。

接着来的还有作家李辉先生夫妇，六个人一块吃黄先生烧的湘西菜，喝他设计酒壶的“鬼酒”牌白酒，乐融融。想起了有一回带了苏美璐去黄先生香港的画室，可惜这一回少了她。

“荷花开的时候你再来。”临走时黄先生叮咛。

我打定主意，不但去北京，还要跟他去他的家乡湘西凤凰县走一趟。

文抄公

写黄永玉先生事迹，提到他喜欢在画中题跋，做文抄公。“世上写历史的永远是两个人：秦始皇写一部，孟姜女写一部。”

黄先生的跋，有如明朝小品，是一篇上乘的散文。像《野茶客》一画中题：“茶是山人栽的，他们不懂谁懂？清明之前，带来些自己收的好茶叶，约十几个好朋友长辈，选一个好地方，搬出多家藏之好器皿、好茶具，就地评论起来，得出个好坏高下，最是有品位的相聚。此种新鲜就不仅是水的一品、茶的一品。周围一片嫩绿新篁，丛中听得见画眉云雀歌鸣。这哪是钱买得来的？城市人把这种趣味强夺了去，却说是自己发明，高楼上搭了茅棚竹舍，学农村模样取了个山人名字，乔做雅致起来。反过来指指点点告诉村人，应如何这样那样，反转成为先生。城市人脸皮厚才能做出的。忘记了原来意思，失去了本性。这种人是不懂事，最是无趣。你们懂得什么好水、好叶子？几时见过真茶树、喝过真泉水？只是书上说来顺嘴吹出来而已，算不上真风雅学问。”

想起古人有复词对联，又做文抄公：“松下围棋松子每随棋子落，柳边垂钓柳丝常伴钓丝悬。天上月圆人间月半月月月圆逢月半，今宵年尾明宵年头年年年尾接年头。”

还有“十字令”也很有趣。《红楼梦》第十七回“大观园试才题对额”中描写人物：“一笔好字，二等才情，三斤酒量，四季衣服，五子围棋，六出昆曲，七字歪诗，八张纸牌，九品头衔，十分和气。”

还有谜语的十字令：“一声不响，二目无光，三餐不食，四肢无力，五官不正，六亲不识，七窍不通，八面威风，久（九）坐不动，十分无用。”

谜底是什么？泥菩萨呀。

黄永玉画展

收到黄永玉先生一九九六年画展之请柬，打开一看，与众不同地写着：

“七十四岁是漫漫长路。

我在香港开第一次画展时才二十三岁，到今天第九次，您看，七十四了。

请来参加画展的酒会。

仍然是不剪彩、不演讲。”

欣然赴约，黄先生站在一边，咬着烟斗，懒洋洋的，答应来宾一起拍照片。

别的画家的面目不多，黄永玉先生的则是变化了又变化，水彩、油画、山水，西洋东洋，应有尽有，很少画家像他那么多姿多彩。今年，他还没拿出他的雕塑来呢。

众多作品之中，最喜欢他的荷花。简单数笔，已见功力。题字则是临摹了弘一法师的和尚字，更有禅味。

猫也是我喜欢的主题，多幅猫画，生动得令人爱不释手。

画画家家乡凤凰的作品数幅，风景者当然好，更感人的是那幅雪中丛树，填满文字，描写一个卖香烟的人因三块钱自杀。又是画，又是散文，又是诗。

乐趣的有亚当夏娃的伊甸园，看的人都忍不住笑了出来。

抗议的有“你想地球变成这个样子吗？”，简直是触目惊心。

篇幅巨大的有神话、小说和童年回忆为主题的。黄先生的线条错综复杂，像脑神经一般幼细，但又紊紊不乱，叹为观止。

冯康侯

彼岸

从外地归来，才知道冯康侯老师去世。

我的脑子一片空白，一心一意要写纪念老师的文字，但怎样也挤不出一个字来。

断稿令我常做噩梦：以齿咬笔杆，门牙剥落，变成碎粉。一张张的稿纸大得能当屋顶，下雨，纸破裂，水冲下来淹窒着我。举笔，骨断，手指一根根掉在桌面，还会蠕动。

以前曾夸下海口，在这版位上要写尽人间欢乐，与哀怨绝缘。恐怕已经做不到了。老师为人乐观，也不赞成我以悲怆的笔调来写他老人家。我怎么办才好？逼自己写，会对不起冯老师。这些日子，唯有每天拜神。

我拜的是老师所信的宗教，他的宗教是艺术。将人们花在研究和膜拜神明的时间，老师拿去做艺术。八十三岁的人，还是不停地写，不停地刻。永远地在创作。

老师领悟的，是归平淡，与释迦牟尼的思想，有何相异？我有生之年，将归依此教，希望一日，追随老师，到达彼岸。

毛笔和筷子

七年前，在很好的机缘下，有刘作筹世伯引见，拜会冯康侯先生。

“老师不一定会收你。”刘先生说，“一切看缘分吧。”

我点点头。

两人爬上北角丽池一栋住宅的狭窄楼梯。

冯先生是位矮小清瘦的老人，满脸和蔼安详。直接地问：“你要学会这些不合时宜的东西，有什么目的。”

“没有目的。”我坦诚地回答，“只是喜欢得要命。”

“那就够了。”冯先生微笑。

接着他老人家叫我先写几个字，千万不要临帖：“写出自己的字，写出自己的个性。”

“但是，”我抗议，“我连毛笔也不会拿呀。”

老师笑了出来：“毛笔只是一件工具，久不用了，就以为自己不会用。要是多接触，就像拿筷子那么简单。”

同学

冯老师看完我的字，说：“果然一塌糊涂。但是好在不带俗气。”

从我的字，老师将我的个性略作分析，比相命先生还要准。

“想学篆刻，那一定要从书法着手。”老师说，“那把刀，要抓得纯熟的话，练习两三个月，包你得心应手。街边雕图章的师傅，有许多的刀法比我还要强。刀抓得好，只是一个泥水匠。篆刻最重要的是布白。精于书法，那么你就是一个绘画蓝图的建筑师。”

见我已经能接受的表情，老师继续说：“你的字，近黄山谷。你经过基本的抓笔训练后，可以多临他的字。我小时候也临过黄山谷的字。其实我学得很杂，什么好的碑帖都临。碑帖是我的老师。现在你临黄山谷的，因为你们的字形相近，这是一条快捷方式。我向我的老师学习，你也同样向你的老师学习。所以，我不是你的老师，你也不是我的学生，我们是同学。”

吃鸡蛋

起初临字，总是写出歪歪扭扭的怪物来。鼓起最大的勇气，数十张中选了最满意的，拿去给老师修改。

先看别的同学的字，已觉得写得蛮像样，老师一个个字的改，用红笔把正确的字形勾出，即知道毛病在哪里。自己又捏了一大把冷汗。

时间已近深夜，老师还是那么细心地逐画修。一向知道他老人家眼睛有病，很痛惜他花了这么长的时间，心中想："最好不要改到我，快点跑了吧！我不值得老师花心机。"

但是总会轮到。

老师照样从头到尾观察了一遍后，指出每一画的错误。死了，死了，那么多的丑态。不要改了吧，老师！

忽然，老师指着其中的一个字："你看，这个'仪'字是多么有力。"

"真的吗？"心中叫喊。

"嗯，嗯。"老师点点头。在"仪"字的旁边打了一个圆圈。啊，这个鸡蛋，是天下最美的。

篮球

老师又在一丝不苟地替我们改字。

“我替你们改正字体的错误，只要你们记得一点，错误就少一点。”老师说。

“什么时候才知道自己写的字是好的呢？”我们问。

“字写得好不好，是见仁见智，很个人化的东西。比方说金农的字，我试过用油画的扁笔来写，果然写得一模一样，而且还能写出沙笔。有些人很喜欢，我就觉得没有变化。但是字体有没有错误，却是令看的人都能指出的。所以，先要做到没有错误。”老师说。

叫我当面写给他看后，老师笑着：“你的字写得太快，该停顿的地方还是停顿得很不足。写字好像打篮球一样，接到球后要看清楚把球交给谁，才能抛出。这就是所谓的意在笔先。在还没有决定要交给谁的时候，就是应该停顿的时候了。”

“一个字的最后一笔是最重要的，字写歪或者写坏了，最后一笔可以把字拉正救活，等于球的投篮，得到完美的结果。”

眼高手低

我们上课，不限于在书法和篆刻上下功夫。老师常拿一些精美的石头给我们看，指出它们的来源，好在哪里。

“当店的学徒，还不是靠看多了才学会的？”老师说。

一同上课的禤绍灿兄是购书狂，每有一册关于书法篆刻的新书，一定拿来给老师看。他老人家很细心地翻阅后分析书的内容，值不值得去读。

书画更是不绝。许多藏家和画商常拿来和老师研究，我们得到不少眼福。

有闲阶级开始买字画，人家批评他们附庸风雅。老实说，附庸风雅有什么不好？代替银纸和股票排在墙壁上，已经表示他们开始走向艺术欣赏的路上。

“眼高手低。”老师道，“更是好事情！好的东西看得多，能够吸引便叫眼高。眼高表示欣赏力强。手低只是技巧的问题，勤能补拙，多做功夫手便不低。最怕的是，眼也不高，手也不高。”

演员

在老师家上课，论书法篆刻时严肃，闲聊时轻松。

对于开书画展，老师说："开展览会的目的是给人认识，就等于要名了。有名，利就跟来。但是，买画的人有几个真正懂画？会欣赏的多较有清高的思想，这种人怎么会看重钱财？他们哪有这么多的余钱去买张画？所以说，书画家多数是演员。"

"这句话怎么讲？"我们都惊奇。

"多少人知道一幅字画的价值，除了作者之外？"老师问，"只有作者自己才明白对这幅字画付出的血汗！"

老师继续说："书画家是演员，因为他们要向观众说明好处在哪里，如何辛苦才写得出。说服观众，生意就做成。书画展的成功多数靠关系，请熟人来买。连我自己也不是一样在演戏？"

"不会吧，老师。"我们说。

"你们看不出，那是我的演技已经炉火纯青。"八十岁的老人还是那么调皮。

印泥

“印泥就像老朋友、爱人，要不断地去搅拌。”老师说，“不然朱砂都沉到下面去了。”

老师搅印泥，嫌竹枝和象牙太细，运不出力量。他习惯用一只筷子不停地把印泥团团地搅乱，最后搅成像一个模型小笼包。

接着，他将印石四角沾在这小圆球上，再压中间部分，细心地把整颗印好印色，才押到纸上。

压时用内力，同样地把四个角和中间的以平均的力量盖上。又恐垫着的纸张不平，第一次压完后还将纸移动到另一个位置，重压之。

印泥会沾贴住纸，要印色最均，更清楚，老师会把石头翻起，然后用指甲背轻轻地刮纸，押出来的印，是完美的。

“你们知不知道印泥还含有胡椒粉？”老师问，“所以纸和墨虫都会吃，只有印色永远不会蛀洞。印泥放在盒里，要它几十年也不凝结；盖在纸上，又要它五分钟内干掉。你们说这是不是很神奇的小东西，注意到奥妙，便会发现这世界有许多美好的事。”

印稿

老师教我写印稿的时候，以一小张宣纸包住石头，用毛笔把折着的边轻轻地涂上墨，便成一个小框框。

再把这小框框由中间折起，写双字印就有了中线，再折，可写四字印。

将写字的那一面印稿贴在石头上，以水沾湿，另迭上一层白纸，把大拇指的指甲用适当的力量刮之，翻开白纸，要是白纸上已印上墨，那表示印稿已经透墨在石头上。再翻开印稿，你就可以刻印了。

“用清水沾湿印稿过印也行，但是最好是用口水，没有什么比口水更容易过印了。”老师说。

“为什么不把印稿直接地写在石头上呢？”我问。

“直接写上，那不是要将字写反了？”老师反问。

我们点点头。

老师追问：“我们一生人都在写正字，忽然要你把字写反，怎么会写得好？”

精雕细凿

常看到有人在一粒米上刻了数十首唐诗，小象牙签上雕花卉鸟兽，橄榄核变成一条船，舱门还是活动的。更有的是在一条头发般粗细的线刻了数十个字等等，都被认为是一种苦学回来的玩意，很难做到。但是多属于工匠之作，谈不上是什么艺术。

这么精细的东西，肉眼的都看不清楚，怎么写得出，刻得来？据说作者并非每样东西都看得到，而是凭感觉创造出来的。

认为精小的东西止于图章石上的边框，再小便成了怪异，边框的字与用毛笔写出的完全不同，有很重的金石味，许多名书家的边框，比他们用毛笔写出来的更好看。

边框以刻刀把横和竖的笔画组织起来，也有人用尖锥用力写在石上。图章石很小，要刻得整齐和构图优美实在不易。

冯康侯老师在刻边款，有位学生问道："老师何不用放大镜？"

冯老师回答说："用放大镜，那我这把刻刀岂非变成电线杆那么粗了？"

菜篮

某些事也弄得老师束手无策。

一天，他老人家忽然说："你的名字字形少，刻印刻不出花样。不如替你改个字罢。"

"改成什么字呢？老师。"我问。

"澜者，大波也，就叫大波好不好？"老师正经地说。

岂知坐在旁边的师兄禤绍灿吃吃地笑了出来，才会意大波用粤语讲出变成了大奶子，惹得我们都捧腹。

咦，大波不行，大浪如何？

老师说："大浪也好呀。"

禤绍灿也同意。

我自己心里一想，大浪，大浪，福建话叫出来一点也不好听。

"不，不。"我直摇头。

"为什么？"老师问。

"浪者，闽语之生殖器也。"我说。禤绍灿更笑得由椅子上跌下去。

"蔡澜就菜篮吧。"老师也无奈地说。

何尝不可

在一本书法杂志上看到一个行书帖，翻下去才知道是武则天写的“升天太子碑”，想不到这个喜好弄权的女人也有一手。再看下去，觉得很不耐看。问老师觉得她的书法如何?

老师说：“天下那么多石碑帖，何必去看这些偏门货？”

想想也是。

“要看皇帝字，不如看宋徽宗。”老师说后拿出一卷印刷精美的瘦金体给我们看，“他将古人碑帖里的字，只吸取其细长的笔。”

接着老师指出这一画是从什么碑，那一撇又是由什么帖变出来的。我读碑极少，不懂得老师所说。

“你们看不出来不要紧，”老师明白我的表情，“主要的是，临帖练碑，笔画的粗细也可以变成另外一番不同的面目，所以临帖要保持一个‘我’的存在。临得一模一样，不如去学摄影。皇帝那么忙，也能抽空把字练得那么好，你们何尝不可？”

羞耻

保良局一百周年纪念的时候，要老师开个书法展，捐助所得。老师毫不考虑马上答应了下来。

“什么公益金或什么慈善机构，大家都慷慨捐钱，但是我一直不明白钱用在哪里？保良局的成绩却是有目共睹的。”老师说。

大家看他年纪大了，都劝他不要为此事太操劳。老师不听。他天天勤力书写，又集了学生的作品，共一百幅拿出展览。

老师不但出力，裱画的钱也是自己付出，但是裱画商因其他生意忙，一时赶不出那么多张。“帮帮忙。这是好事，钱多收不要紧，一定要来得及！”老师抓着电话，拼命向那商人要求，急得团团转。

“出钱的人可以得到一件纪念品。私心上，我又能够把学生们的作品向大众介绍一下，何乐不为呢？”老师说，“老天爷给我的时间为什么那么少？”

说完，又埋头写字。我在旁边看了，对自己处世的冷漠态度感到无限羞耻。

小印

老师说："人家看我的印谱，多数只翻一下，便猛赞我的小印刻得好。等我一转身，又摇头说可惜我现在不能刻小印了。"

其实，老师晚年虽患眼疾，但是我记得他替我们改小印的时候，一刀一刀像切豆腐一样，又快又准，谁说他不能刻？而且他修改的时候一点也不苟且，比自己刻一个更难。问老师："刻小印的好处在哪里？"

"刻小印有一个最大的好处。"老师说，"那就是刻完之后去刻大一点的印，就好像在放大镜下面做功夫，对准墨线下刀，轻松得很。"我们起初学刻印，老师问我们有没有近视眼？有的是老花，便摇摇头。

"可惜，"老师说，"近视的人刻小印最好，眼前的东西看得清楚。"

问如何判断一方小印的好坏？

"好的小印，"老师回答，"看起来有大印气派！"

假如

想起来，居住在香港的这几年假如得不到老师的熏陶，我自己会变成怎么样的一个怪物……

每天一早打开报纸，先看电影卖座的票房记录表，生活圈子只限于与事业有关的人士，谈来谈去是买房子、汽车和富兰格金币。但是，永远比不了别人多。

好了，一要比较，本分的钱不够，想法子发横财呀！每星期排队去买六合彩，这次累积奖金有六百万，希望别人不要中。看电视，竟有几十个中头奖，分得那么少！大爷我中的时候一定只有一票。买吧买吧，只要两块钱。世界上哪有这么便宜的梦。

买马买狗的机会，总比买六合彩高一点吧？花几十块一中千几。不中？当他是储蓄，总有一天会收回来。

更容易赢的是打麻将嘛，机会四比一。哪里会像买马那样次次倒霉，胜一仗够几天开销，打打打。

王羲之的字写得好？叫他来当中文秘书。

汉印

起初看十钟山房印谱，觉得乏味得很，只对其中的书印和兽形印有兴趣。经老师教导之后，慢慢地感到其中的平板无奇的人名印竟是那么变化多端，玩之不尽的一本教科书。

老师说："在刻人名印，刻局之前，先翻翻十钟，总会带给我们不少灵感。"

我们把十钟读熟后，更发现它是书法中的圣教序、诗中的唐诗三百首。

"几乎所有名家，都是抓到汉印中的神髓而演变成自己的风格。汉印有两个面目：一是残缺，二是完整。"老师指出，"黄牧甫保持汉印的先天形象，刻出细致和灵巧；吴昌硕则学了后来的爆裂，布白粗犷与抽象。"

汉印的最大好处，还是它们很耐看，不会一下子饱腻，但是在平凡中不带灵气，又沦为街边刻印匠之流。汉印之好处和理解，许多名家之题框上都有记录。

"刻印者无不学汉印而能自成一家。不经汉印而独创者，往往会发现自己走的路，两千年前已有人走过。"老师说。

勉励

因为我看的印谱不多，吸收得也少，所以写起印稿来变不出花样。

老师替我们改印稿，绝对不会将之改得面目全非，一定是根据原稿去修正。如果原稿实在坏得太离谱，需要另起炉灶的时候，老师必先说：“其实可以试试邓石如的刻局……”或说：“牧甫有过这么一方印……”又说：“吴让之会这么写……”

讲完之后，他才重来一个构图。虽然他老人家尽可直言，但是总处处照顾到我们渺小的自尊，决不让学生在学习过程中有任何气馁的可能性。

“多写印稿，”老师说，“写就等于刻。遇到某些放不下去的字，大家研究。你们写一个姿态，刺激我想到新的刻局，不亦乐乎？”

老师又常鼓励我们将作品拿去发表，写完的字裱起来送朋友等。我个性草率鲁莽，但也不敢那么做：“我不够胆，老师。”

“不够胆？我借给你。”老师笑，“其实我应该借给你的是小心。”

有情无情

对一方印的刻局，我们先把几个字写出。不懂的篆，查字典，翻古人印谱，拼起做成一个构图。

老师一看，说："这方印没有做到有情。"

"有情？印也有情吗？"我们问。

"当然啦。"老师说，"所谓有情，便是字和字之间产生了关系，以取得联系。一方印的印文，每一字都要兼前顾后，左揖右让，才会有神趣。"

我们再仔细看回自己写的印稿，果然是每一个字都离了婚。

"不单是刻印，书法也是如此。一行字中要注意到疏密，行与行之间要照顾到字的大小。东一个西一个把字拼起来那不叫写字和刻印，变成排字工友捡字粒了。"老师笑着说。

我们翻开印谱，指出一古人印亦患此毛病。拿去给老师看，他老人家说："这就叫作无情。"

转笔

老师的学生很多，有的我们从来没有见过面，但是一看到他们执笔即能认出。

盖老师教初学者，执笔时以食、中、无名三指拼成一直线，握在笔杆外；拇指对准中指，由笔杆内顶住。

为什么要这么抓呢？主要是使到拇指能转动笔杆。为什么要转动笔杆呢？主要是统一笔画的粗细，使其气韵连接。

比方说，我们写一个“国”字，它的右上角是以一横和一竖构成。如果我们用一支羊毫，它的笔毛没有弹力，先写横画时，笔毛已经压得扁扁的，字画就粗了，再接着写直竖，那么笔画不就变细了吗？要是我们写完了横竖，在转角的地方把笔转一转，粗细的笔画便统一起来了。

“很多人喜好看我写字，只看我写出来的东西。”老师说，“其实，写出来的字可以在写完后慢慢观察。看的时候应该注意我的运笔，在什么时候把笔转动。看我写字为什么不看我的手？”

养志

自得老师之熏陶，开始读碑帖，学篆刻，看名画。

开始明白为什么古人的山水画顶端总有一处空白，原来是整幅画的延长。进入画中和人物一块游山玩水，爬到高处乘白鹤飞翔到画外的天空。开始看懂一些书法。自自然然，不管美丑均有气质，这便是所谓的天籁了吧。

开始知道两千多年前的印匠，把平板无奇的名字化为一个神奇的构图，和汉朝人做朋友去了。

开始沉迷在许多美景之中。同事们也开始叫我为疯子。

开始觉得时间不够。在不想影响本身工作下，少睡两个钟头便能做多一点学问。开始看东西有立体感，开始磨炼感觉的尖锐，反而对事业有了远见。

老师观察到了这些。一天，他说："写个印稿送给你去刻。"

印文曰：玩物养志。

不墨守

老师教学问，活学活用，从来不叫我们墨守成规。

比方说以前学校先生叫我们写字一定要磨墨，老师却说：“尽管用墨汁好了。现代人生活那么忙，小楷还可以磨墨，写大字就太费功夫了。与其把时间花在磨墨上，不如拿去多练其他碑帖。”

看老师写个“羽”字，先写两个钩，再各上两点。

“老师，写字不用按照笔画顺序吗？”我们问道。

“一幅字的刻局就好像一张画一样。你们说是不是？”老师反问。

我们都点头。

“字的结构就好像树枝和花朵。”老师举例，“先写枝也行，先点花也行，没有什么顺序的必要。

“画竹也是同样道理。脑中有了构图，从哪里着手都可以。这就叫作胸有成竹。用什么方法去达到目的却是次要的。”

小学

老师谈论得最多的一本书是《说文解字》。

他说："我以前不管坐车乘船，手中总捧着一本说文。我读的是那种分成几册的线装本。看完了卷起来，放在裤袋子的后袋里。"

结果，老师整本《说文解字》都能背出。

除了书法和篆刻，老师对文字学深有研究。而做文字功夫的人，非经过读熟《说文》这个阶段不可。

由《说文》，老师上索周朝的金文、商代的卜文，并重视甲骨文雏形。见到字形即能会意，等于看懂一幅图画，这又是一个多么广阔的天地。

我们上课，每问一字，必能得到深入浅出的解释，可见老师在文字上下的功夫。

"《说文》由汉朝传到今天两千多年，作为中国文字的第一本字典，是多么珍贵的一册工具书！"老师说。接着他打趣道："《说文》又叫小学，以前人家小学必读之书，现在的大学生也不一定人人翻过。"

满足

昨天和禤绍灿兄在陆羽饮茶，希望他给我多一点自理，让我去写些我没有听过的老师的故事。

禤兄做功课非常勤劳，老师晚年的学生中，他学到的东西最多。老师所讲的，他都记录下来细嚼。他的碑帖修完一个又一个，文字一种再一种。老师看了满意才叫他换新的去学习，他自己绝非贪多。

对篆刻，禤兄毕竟小心，我则太过大胆，老师上课时指着禤兄说："你是青衣花旦。"

又指着我："你是老生。不，不，说错了，应该说你是全武行。"

"老师说的话一向都是对的，只讲过一件是错的。"禤兄说。

"那是什么？"我好奇。

禤兄谦虚道："老师说你学到我死去的时候，总有所成，但是我还是一无是处。"老师教导我们最大益处是先学会做人。禤兄性情敦厚，已成功一半。我要是有他的十分之一，已经满足。

冷汗

一九八〇年四月，香港艺术馆替老师开了一个叫“冯康侯：书、画、篆刻”的展览会，选老师近三十多年来的作品共一百二十一件，并出版了精美的小册子留作纪念。

关于老师的生平介绍，他说：“其实我那方学无止境的印中边框，已写出我的一生以及我对艺术的看法。”

“这一次展出后，东西将留在香港艺术馆，也是件好事。”老师接着说，“恐怕也是我最后的一次吧！”我们听了都低下头，说不出话来。

“我请饶宗颐先生为我作序。不过我告诉他，请他绝对不要称赞我，大加批评我也接受。我的作品，好坏让后人来判断。”老师的表情充满一股正气。

接着，他轻松地说：“我请饶宗颐先生强调的是：本人治学，六十年如一日，从不中断。又永远认为艺术是神圣者，永不以此来做手段。”

这番话，令一般沽名者流冷汗。

老朋友

老师从十三岁开始刻印，到八十三，整整七十年功夫。从不间断，少说也有万多方。

“但是，”他说，“称心者真的是算得出。刻一方印像认识一个人，能够做朋友的到底不多。”

“学无止境”“气韵自然”是他老人家心爱的。最喜欢的是“家在沙园”，以为失去。受赠的赵少昂先生近年在广州重得，老师欣喜若狂：“这方印，刻时心情好、石头佳、刀手顺，才有奇迹出现。后来再三重刻想交回新朋友，怎么样也没有那个味道。”

最可惜的是一方“身经百战”，送给了黄文欣。不但印石不见，连印稿也遗失。老师摇头：“这好朋友去世了。”

病中，学生拿来一本张大千画集，刊登张之奖状。上有一“学典之玺”，字样是老师二十多岁时全国征求印稿被选中之作品。

老师微笑：“想不到你这老朋友也来看我的病。”

最后

惊闻老师入院，由远方赶回来，直赴病房。老师紧紧地抓住我的双手。

我们尽谈病好后，到新加坡开书画展的事。那天他老人家心情特别好，也很精神，吩咐一直在照顾他的大哥大嫂：“等一下铫鸿来，请他带个相机。我们来拍些照片。

陈铫鸿医生在这几年勤向老师学习，师母和老师的病都由他来看。依老师所嘱，把相机带来。

我心中打了一个结，拍什么像呢？留什么纪念呢？

老师不大肯吃药，说：“又不要去看戏，买票子来干什么？”

言之下意为反正要去，不必做多余事。

学生姚顺祥兄回答道：“老师，把票子买了，去不去看慢慢决定好了。”

老师卧在病床上，手指不停地在动。他担心万一医好，双手麻木了的话不能写字，和死亡不是一样吗？

“死亡并不可怕。”老师说，“怕的是身边的人痛哭。师母去世之前，我一直服侍了她两年。那种心情的确不好受。”

他笑望着我说：“做人最好是横死！”

“这话怎么讲？”我们惊讶。

“你想，一些飞机意外事件，乘客在没有时间思考和感觉这下就那么去了，多好！做人反正一定要死，我倒希望像他们一样忽然地离开。”

老师于一九八三年十二月七日逝世。

留给我们最珍贵的是对艺术和做人的态度：自然大方，学无止境。这些哲学好像要花几十年功夫才能钻研出来，但有了老师的熏陶，道理又是很简单。

先由基本做起，不偷工减料，便有自信。有了自信，再进一步去学习，尽了自己的力量，不取宠、不标新立异，平实朴素，就可以自然大方。我们脚踏实地，我们便有根，不用去问别人证明我们懂得了多少了。那个没有后悔的感觉是一个多么安详的感觉。

丁雄泉

不做大师

丁雄泉先生的画室广阔无比。还在嗅觉上留给人一个深刻的印象。

这都是因为丁先生喜种洋葱花，买的种子很大，有个婴儿的头那么巨型。这种洋葱头一开就是八大朵红花，他一种数十头，这边开完那边开，永远有灿烂的花陪着他。

洋葱头种在浸湿的泥土之中，产生一股强烈的味道，和切完葱头留在手上的一模一样，闻惯了还觉得蛮有个性的。

最近他还作些小画，画在小小块的油布上，摆在书房整面墙壁生色。我很喜欢，但没有向他开口。我这个人一贯不大向人讨东西，像从前在冯康侯老师处学写字，如果他不主动送我，我不会出声。

丁先生送我的acrylic颜料倒是欣然接受了。有些紫色是他自己特别请法国的漆厂调配的，店里买不到。

“这些颜料够你画几百条领带了。”丁先生笑着说，“既然你已经开了一间杂货铺，不如拿去卖。钱是另外一个问题。将作品分给大家欣赏，自己也有满足感。”

最喜欢丁先生画的领带。上一次去阿姆斯特丹做电视节目，穿了一套白西装，普通得很。但是一打他送我的领带，路过的人一看都回头。有些还赶上来问我在什么地方买的。

领带是用acrylic画在白色底上的。这种颜料很特别，能溶于水，像水彩一样用。但是干了之后，被雨淋湿了也不会脱色。

丁先生虽然说“大家作风不同，怎么画也不要紧”，但我只是一味抄袭。不期望成为大师，心里便没负担。做人，逍遥快活最要紧。

上课

等到上午九点，打了一个电话给丁雄泉先生。他早已起身，催我过去。

住阿姆斯特丹希尔顿酒店，皆因靠近丁先生的家。走路过去不消十分钟。

过了马路就是那条河。河边的大树已是老朋友，每次都向他打招呼。带所有的人去看过，大家都惊叹大树的生命力。

河边另有一棵杨柳。枝干垂入河面，又往上翘起来，像一位少女出浴时把脚缩起。万物造化，皆不可思议。

丁先生的画室没有门铃，轻轻敲三声他就听得到。欢迎我进去。

画室依然充满大葱味道，来自花盆中种满的洋葱花。天花板上那两百支光管不分昼夜地开着。Hi-Fi播的不是荷兰各种鸟类的啼叫，就是蟋蟀声。丁先生最喜欢蟋蟀，在上海的时候酒店房内养了十几只。

这次上的课，并没有实际下手画画，而是颜色的概念。丁先生说："先下最强烈的颜色，然后再涂沉一点的。这么一来，就不会把光芒抢走。"

这几句话已受用不已。

丁先生知道我爱喝普洱，专为我准备了一些。他自己喜欢喝龙井和香片。

拿着茶杯走进花园，园中三株大树开满了淡红的小花，飘落满地。问起来才知道是栗子树，从来没注意到栗树会开花。

五月底也是欧洲牡丹的季节。花园中有棵深红色的，花朵有沙田柚那么大。

走到小池子旁边，丁先生大力把鱼粮扔出，落在池面，但是鱼儿没有出现。

等了好一阵子，有一尾够胆出来吃，接便是一大群来抢。

关于这一池子的鱼，引起一场大骚动，是一个很长的故事。让我慢慢告诉你。

朋友

和丁雄泉先生在漆咸道散步，看到了树，总停下来观赏一番。

“树是我的朋友。”丁先生说。

我介绍他认识盛开的石栗，三分之一是叶子，其余开着黄花。飘落在地下，堆成黄雪，一整排，实在好看。

丁先生看得入迷，我们又去太子道。石栗更多，看得眼花缭乱。“这简直是树的派对嘛。”丁先生说。

经过一棵树皮光秃秃的巨木，样子难看。丁先生说：“这是一位老太婆，连鸟儿也不飞到枝上拉屎。”笑死我。

在丁先生住的阿姆斯特丹，从希尔顿酒店步行到丁先生画室途中，河边有一大树，他最喜欢。常赞美它的活力，供应了几千几万的叶子，把树介绍给了我。从此，我到阿姆斯特丹，也常去看这位老朋友。

丁先生有点沮丧，问他为什么？他回答说：“家的花园，各种花现在刚好要开，我就离开它们，真是舍不得呀！”更舍不得还有他才买的两只小猫，为世界猫赛冠军的子女，一只是忌廉颜色，一只是蓝颜色。

“猫有蓝色的吗？”我没听过。他的画中经常出现蓝猫，没想到现实生活中也存在。

到了晚上，我们去一家餐厅吃饭。两个人，丁先生却叫了很多道菜。

“够了，够了。”餐厅经理说。

“老远乘飞机来吃的，多一点不要紧。”丁先生说，“而且我们还请了很多朋友。”

“什么时候来？”经理问。

“不来了。”

“丁先生和蔡先生请客，怎么不来？”经理问，“到底请了什么人？”

丁先生笑说：“请了李白，请了苏东坡，请了毕加索。都来不了。”

天上交响乐

丁雄泉先生对我们的吃桃旅行团有兴趣，老远从荷兰来到香港，一齐飞日本。最好吃的水蜜桃产自冈山，离大阪约三小时车程，而最成熟的季节在七月尾这几天。

果园职员分派一个漆盆和一把果刀给大家，就坐下来任食唔嬲，能吃多少个，看你的本领。

众人削皮时丁先生和我双手抓大桃，左右一拧，皮即掉。大口咬下，甜汁喷得一身，上次来我吃了十二个。这一回桃实在太大，只能吞下八个，已经胀饱。丁先生已是七十几岁人，胃口比我好。数数桃核，十三颗。

午饭在一个种植菌类的花园进食，当今的天皇和他老婆也来过。今早刚采的冬菇拿在火上烤一烤，蘸较甜的辣椒酱吃，非常可口。也有团友只撒些盐，说更加鲜甜。

冬菇之外还有甜番薯、洋灯笼椒、红萝卜等蔬菜，更有鸡肉和牛肉。结果蔬菜吃光，剩下大量的肉。

餐厅的小卖店出售各种昆虫。用一个小笼子装住，里面还有水和食物供应。

听到铃铃铃的声音，原来是“铃虫”，叫声如铃响。

丁先生一向喜欢蟋蟀叫声，去上海一定买几十只放在旅馆房间。小笼子装了四只，卖八百八十日元，大呼便宜，上海的蟋蟀卖得更贵。

“当然贵啦，”丁先生的女友安德丽雅说，“整条卖蟋蟀的街上小贩都认识你。知道你有钱，怎不敲你的竹杠？”

买了铃虫，放在巴士上，途中一声也不响。到达温泉旅馆“红梅亭”，先坐下来，侍女献上杯冰冻的绿茶。咦，怎么古筝声那么逼真，是什么牌子的Hi-Fi？原来大堂中有位少女弹奏迎宾，这时铃虫才大叫。丁先生说：“天上的交响乐就是这种声音。”

张生记

晚上，丁雄泉先生带我到“张生记”吃杭州菜。当今杭州菜在上海最流行。大厦中一共有两层楼，地方很大，挤满了客人。

“张生记”从一家六百英尺的小店做起，短短十年，已发展为一王国，一共有五家店。在上海发迹，回到杭州盖一幢大楼，装修得美轮美奂。我们吃的这一家在上海肇嘉滨路。

最著名的是“老鸭煲”，非试不可。上桌一看，一大锅东西之中，熬一只老鸭和天目干。原来是用煤炉炖四个多钟，但现在客人那么多，怎会烧煤？本来用的金华火腿也以咸肉代替了。

最奇特的是加了粽叶进去熬，叶子当然不能吃，取其味罢了，上桌时捞起。好喝吗？一整只鸭熬出来，加上干鲜味，怎会不好喝呢？

依照丁先生习惯，一叫一定是一整桌的菜。东坡肉少不了，用小型的紫砂子盛一方块的肉，酱汁很浓很黑，肉也呈深色。进口，嫌太甜。我吃过更好的东坡肉。

臭豆腐是黑的，配上火腿片。白色的豆腐之中还可以看到发绿的霉菌，但是还不够臭。我幻想下次自己做这道菜，加上羊乳芝士，臭到要浸在水中那种，一定劲道十足，菜名就叫“臭味相投”好了。

司机小王介绍我们吃苋菜。它是一种大小如荷叶茎的东西，切段后腌渍，再铺在腐皮上蒸，浙江人当它是宝，我试了又试，皮硬如蔗，只吸中间的汁，一味是咸，不臭也不香。想必是腌得不好，不然沪人不会那么推崇。下次再找一间店叫这道菜，看看吃不吃出道理来。总括一句，没有香港“天香楼”那么好，试过天香楼的馄饨鸭子，老鸭煲走开一边。

重访张生记

丁雄泉先生的习惯，吃开了一家食肆，就可以连续去几趟。

“不嫌单调吗？”我问。

“餐厅像朋友，来惯了有信心。试没去过的有点新鲜感，但是失望了怎么办？”他轻描淡写地回答。

也有他的道理，我们又去了“张生记”吃晚饭。丁先生说：“试试他们的盐焗鸡，听说很好。上次来卖完了。”

盐焗鸡？从来没听过沪菜、杭菜有这一道。上桌一看，是把鸡肉拆骨，吃进口，甚咸，但肉又软又香，已不必再点酱料。特别的是把鸡皮切成长方形，只选最薄部分，铺在肉上。盐焗后，这层皮最好吃。

想不到这道广东菜竟然给外江佬改良得出神入化。香港的粤菜师傅应该引进这些杭州菜，看看是否可以做得比他们更好。

叫了一客毛豆下酒。毛豆就是黄豆，许多人还搞不清楚。这道菜上海人很喜欢，日本人在夏天也大吃毛豆。连壳，煮熟了点些盐下啤酒。张生记的毛豆用一个小小的紫砂子上，浸盐水和黄酒，扮相漂亮，酒味十足，价钱可以卖得更高。

蒸鳜鱼是留鱼头，起骨，把鱼身片片，片得还是相连，刀章十分厉害。淋上酱油，蒸法和香港人一样上乘。这种鱼在香港卖得价钱很贱，我们嫌味淡不太吃它。但是依足他们的做法，效果也不差。只是上桌时把鱼头跷起，塞了一红樱桃在嘴当装饰。看起来，可以套用一句上海话“恶形恶相”。

最后的叫花鸡就大失水平。这道菜是吃塞在鸡内的蔬菜，好过吃肉。张生记做的，是把猪肉丝酿在里面，分量不少，烧出来后又是水汪汪。看旁边的客人也叫吃得津津有味。无他，没试过香港天香楼之故。

花钱

和丁雄泉先生相处数日，从闲谈之中得益甚多。

“有些人一赚到钱，就说自己有多少财产也算不清楚。”丁先生说，“我的钱不够他们多，我知道我有多少钱。但是问我画了多少幅画，我也算不清楚。”

吃饭时，见菜单上有醉蟹，即叫一客。

“您不怕生吃有细菌吗？”作陪的人问他。丁先生瞪了他一眼，好像在说这种问题你也问得出？照吃不误。

看醉蟹的膏，他说：“你看，多么像海胆。”

侍者拿了一个吃大闸蟹的铁夹子放在旁边。丁先生一下子把整碟醉蟹吃光，剩下蟹钳，就放进嘴把硬壳咬个稀烂。七十多岁人了，牙齿还那么好。我叫侍者把铁夹收回去。

画展之中，丁先生感觉和客人交谈已经乏味。我们两人就偷偷跑到隔壁的一家餐厅去，看到酒牌中有香槟，叫了一瓶。我只喝一杯，其他的由他包办。画展完毕后又回去同一家餐厅，慰劳工作人员。再开五樽香槟，他一人乘机又喝了一瓶多。

来了一位台湾老大哥，开夜总会的，丁先生说：“盗亦有道，比很多高官好得多。”

老大哥请去吃晚饭，丁先生又和他干了满满的数杯白兰地，面不改色。饭后老大哥招待我们去他的夜总会，我说：“这种地方的女人庸俗得很。你酒喝多了，还是回旅馆休息吧。”

“有女人的地方，总要去看看。”丁先生说，“对女人有兴趣，才有生命力。”

“做人要应该懂得花钱。”丁先生裤袋中总有一大沓钞票，“人家说花钱容易赚钱难，我说花钱更加不容易。你看许多人死了都留下一大笔钱，这不是一个好例子吗？”

三只猫

丁雄泉先生出生于无锡，无锡要为丁先生建一纪念馆，所以丁先生又路经香港。另外一个目的，是要参加我的旅行团，去日本冈山吃水蜜桃。

见面，互相拥抱。我最想知道的事，是那只飞下来啄食金鱼的大鸟结果如何。

为了驱逐它，丁先生想尽办法，我也成为帮凶。为他买一支气枪的目的不是杀鸟，只想把鸟吓走。

“我寄的两支弹弓有没有收到？”我问。

“收到了。”丁先生说，“做得真精巧。”

“是在非洲旅行时买的，乡下小孩子做的。”我说。

“大的那支，力气不够还拉不开呢。”丁先生说。

“言归正传，那只大鸟呢？”我问。

“那只大鸟从此不来了。”丁先生说，“好像已经知道我们对它不满，真有灵性。”

这一下子可好，不必给环保分子骂死。鸟儿自己不来，不关我们的事。

“有位读者来信，说在鱼池上铺一层网，鸟就吃不到鱼了。”我说。

丁先生不屑：“那么有什么好看？鱼儿生活在网中，你以为他们快乐吗？”

“原本等你收养的那两只猫长大，来抓鸟的。”我说。

谈起猫儿，丁先生大乐：“那两只英国短毛猫，真是可爱。”

“安德丽雅一定乐死了！”我说。

安德丽雅是丁先生的女朋友，荷兰人，模特儿样貌和身材，和丁先生住在一起多年。

“两只东西整天跟她，她到哪跟到哪。”丁先生说，“尤其是她泡浴缸时，总在旁边，眼睛瞪住不放。”

“是雌的还是雄的？”我问。

丁先生笑道：“当然是雄的。包括我，一共三只。”

门

好歹磨蹭到早上九点钟，才敢打电话给丁雄泉先生。

我不知道他的生活习惯。但想到他已是七十岁人了，起得也许早一点。丁先生听到我的声音，高兴地叫我即刻去。

叫了一辆的士，把地址给了司机。英语是荷兰人的第二语言，大家都会很流畅地和你谈话。他们又没有法国人的架子，只要能沟通的，说什么话也可以。

的士司机找了老半天，才抵达了先生家的附近。他说：“等我把咪表停了下来，看看地图，一定会找到。”

“让车开着好了，不要紧。”我客气地。

的士司机摇摇头：“这并不是你的问题，我应该熟悉街道的。”

拗不过他，让一切顺其自然好了。我已经学会，当你在旅行的时候，对方坚持的话，就不应该说一定这一定那，这是浪费时间的。要是我欠了一点点的人情，下世再报答好了。

到了一个很宁静的街坊，两边是树。这地方从前是个学校区，近数十年来改为住宅。房子依足荷兰建筑风格，一间连一间地不整齐地排为一排。

我们找门牌时，一看就看到一个颜色涂得很灿烂的门，我知道已到了丁先生的家。

丁先生怕我找不到，刚好开门来迎接。

两人相见，很亲切地拥抱。

“你终于来了。”他说。

丁先生说国语，带江浙口音。六十几岁了，人还是那么壮健。做个画家，需要的是创作的力量。

一开始我从他的门口讲起，丁先生说：“你看看周围。”

邻近的墙壁，都被年轻人涂鸦。丁先生迫不得已，把自己的门画了几笔。自以为是艺术家的小伙子，看了他的画甘拜下风，不敢再登门造次。

道理

“这扇门画得不好。”丁雄泉先生说，“本来我画过鹦鹉和花的，但是一转头就被人偷走，现在只好乱描。”

虽然很轻松地描述，但是看到丁先生的门，寥寥数笔，粉红色的衬着他种在门口的花，绿色的和野草融合，本身已是艺术品。下次，轮到我来偷吧。

走进一看，即看到他的画室。通常画家喜欢把画室布置在顶楼，打开个天窗，让太阳光直射。但是丁先生作画的地方在楼下，天花板上装着三百五十条荧光管，可分三阶段调光暗。日夜皆能画画。

所谓的画室不只是“室”那么简单，应该叫画“厅”。三千英尺左右，楼顶有二十平方以上。因为从前是货仓，才有那么多的空间。

最里面的那栋墙染满了飞溅出来的油彩，地板也是。地上铺了大张的画纸，用胶布贴着。油质的胶布难沾颜色，凸出了白色的彩条。

“像不像飞机场的跑道？”丁先生问。

远处的墙壁有如天空翻倒，又像万家灯火，又像星星。地上胶布的两旁黑漆漆地，果然像可以在这里升降飞机。

丁先生再带我走到花园，种满各式的花卉。有个小鱼池养着金鱼。

围墙上坐着一只黑白双色的大猫，一动也不动。

拿了一个碗，丁先生装满了干粮。抛向草地，即刻有一群百多只的鸽子飞来吃。

“猫不会咬他们吗？”我问。

丁先生说：“猫是邻居的，鸽子是野鸽。我都请他们吃东西，吃饱了就不会咬来咬去嘛。他们常在我身边，是不是我养的已经不要紧。总之要走就走，要来就来。他们来吃我的东西，是给我面子。对待朋友，也应该是同个道理。”

快乐

丁雄泉先生的画室二楼，是他的客厅。前者根本不大用，挂满了画。他招呼朋友只用楼下。

有一个很大的浴室连耶古齐缸。完成之后他一共入浴三趟，就一直摆在那里。

精彩的是他的厨房。落地的玻璃窗，阳光直射。墙上鲜艳的色彩，是丁先生自己漆上去的。中午就在这个一千多英尺的地方包葱油饼。

丁先生的葱油饼做法有点像巨型锅贴。

首先，自搓面粉。用的是意大利粉，加点水便能很快地完成。拧出一小块一小块，用棍子压扁，成了薄皮。馅是把肉切碎，加橄榄油和盐，拌它一拌。就那么简单地包好，然后下锅去煎。味道纯朴，百吃不厌。

这时，拿出在意大利巴马买的生火腿，厨房设有电动切肉机，薄薄地一片片切开，铺在大碟上。中间留空，切两片卷成花瓣状插入。火腿的粉红和白色脂肪，色彩不逊牡丹花。

另外煎巴黎“富椿”店买的肠中肠。所谓的肠中肠，是把鸡肠塞入鹅肠，再塞猪肠，又塞羊肠于牛肠之中。洗得干净，煎出来其香无比。

再开香槟。

这一餐，又中又西地吃个不亦乐乎。

懒洋洋的下午，照着太阳，吃完饭大家叙旧。丁先生的女朋友又讲许多关于荷兰的风俗人情，丁先生和我拿中国的习惯和她比较。话题再拉开到中西的艺术观点去。

微风吹人，我们一边吃一边自己动手去拿点酱料，又煮一锅汤，切一半盐蛋，吃几片芝士。香槟一杯又一杯。

很久，我没那么快乐过。

三棵树

三楼是主人房、客房和浴室，面积和下面两层一样大。

“这座建筑物从前是间学校。”丁雄泉先生解释。

“还一直以为是仓库改的呢。”我说，“楼下是礼堂吗？”

“不，”丁先生说，“是室内体育室。”

把体育室改成画室，丁先生作画的地方是当今画家少有的吧。

画室的一边墙上挂了很多好莱坞明星的黑白照，都是亲笔签名给丁先生的。有占士甸、玛丽莲·梦露、加利·古柏等等。

“这一张是法国的嘉芙莲·丹露。”丁先生说，“我本来要她送一张裸体的，结果她还是选了这张穿着衣服的。法国女人还是相当保守的。”

丁先生住巴黎和纽约多年，这些明星都是欣赏他的画而和他成了朋友。

“为什么选中荷兰来定居呢？”这是我最想知道的。

“荷兰人的思想开放，能面对娼妓、合法自杀等问题。作为一个画画的人，需要这种自由自在的空气。要不要做是你的事，最要紧的是你有选择的权力。”丁先生说。

“不过，荷兰人的容忍也有点伪善。”丁先生的女友安德丽雅说，“他们认为一切事只要不发生在自己的儿女身上就可以。”

把厨房的碗碟洗好，我们走回画室去喝茶和咖啡。

打开花园的门，一阵凉风吹进。庭园中有两棵大树。丁先生说：“决定买下来，完全是因为看到这两棵树。树充满生命力，我喜欢。”

其实，丁先生家有三棵树，另一棵是他自己。

感觉

这次来阿姆斯特丹，除了拍我那个电视节目，最主要的还是向丁雄泉先生学画画。

丁先生一辈子的徒弟，最多一两个罢了。

“要不要正式来个拜师典礼？”我问。

丁先生大笑：“那是流氓才做的玩意儿。我们是朋友，一起向天真的感情学习。”说完，把一张八英尺宣纸贴在墙上。

拿了一个装有油漆的玻璃瓶，丁先生往纸上泼去，沾在墙上的各种油漆的颜色透过纸显露出来，本身已是一张抽象画。

丁先生开始用画笔把线条勾出来，画到女人的眼睛部分，他会用手把墨一擦，变成眼影的化妆。

一张巨画分三阶段完成，线条、上色。等干了之后，最后加上需要强调的浓彩。

我知道要在这短短的数天之内学画是不可能的事。丁先生最强烈的作风是他对彩色的分布。要是我能在这期间内得到一点点的感觉，已受用不尽。

“色彩是活的。”丁先生一面画一面讲解，“热爱生命，脑中自然产生。”

笔愈劲愈快，色彩也愈来愈复杂。女人、西瓜、猫、鹦鹉，都是丁先生喜欢的题材，一个个无中生有地出现。

鲜艳的色彩，在凡人笔下变得俗不可耐。但是丁先生很自信地掌握，强烈到令人醉迷。

丁先生的作品没有中间路线，你喜欢或不喜欢，就此而已。爱上了，便玩之不尽，味之无穷。

汗水已经浸透他的全身。那么巨型的作品，需要无限的精力。丁先生健硕的体魄，像一块基石，填完了他的彩色的宇宙。我再过一百年，也追随不着。但是能够亲眼看到一件艺术品的孕育和诞生，享受这无比的欢乐，已足矣。

蔡志忠

拜访蔡志忠

蔡志忠已不必我多介绍。凡是爱书的人，都会涉足他的作品。他一早已洞悉年轻人看漫画的倾向，以最浅白和易懂的说故事方式，将所有的中国文学巨著改为图画，深入民心。

其作品已在三十一个国家和地区出版，总销量超过三千万册。大陆的书迷众多，杭州市最近还发了一块地给他，在那里创立了“巧克力国际动漫”。将计算机动画辑入手机里面，随时下载。

他的记忆力厉害。对我说：“三十几年前我在日本住下，在东京的邵氏办公室书架上看到你的书，有一篇写关于韩江船夫的散文。那种情景真令人羡慕，我去了韩国之后已找不到了。”

台北的工作室就在“总统”府附近一个市中心的大厦里面，住宅在楼上，一般不让人家去。我十多年前来过，记得是全屋挤满佛像。

“现在有多少尊了？”我问。

“三千多。”他笑着说，“我一生画漫画赚到的钱还只有收藏佛像后升值的十分之一。”

客厅墙边、书架上、书房周围甚至卧室里都是钢制的佛像。有些精致万分，头发一根根，衣服上的刺绣一条条表现，美不胜收。

“你睡在哪里？”我问。

他指着被佛像包围的三张榻榻米：“遇到地震，佛像掉下，被压死了也是一种相当有趣的走法。”

知道我最爱读《聊斋》，他从书架上拿下一册。连同新书《漫画儒家思想》（上下），在插页上画了两幅画送我。见他的彩笔都愈用愈短，刨得像迷你佛像，感觉到他对一切物品的爱惜与珍重。

“最近忙些什么？”我又问。

“研究物理学。”说完拿出多册分子和量子的笔记，图文并茂，看得差点把我吓倒。肯定这个人不是人，是外星人。

禅机

十几年前在东京拍《五福星》的时候，蔡志忠说要来找我们，结果来不了。一九九四年在香港书展中终于碰了头，打个招呼。谈不上两句，他人不见了，听说是赶紧跑去嚤啰街买铜佛像去也。

后来每到一处有华人的地方，都听到蔡志忠长蔡志忠短，消息不绝。终于这次在台北专诚拜访。我们像老友一般聊天，谁也猜不出我们两人只见过一面。这都是因为我不断地看他的作品，他也偶尔读我的小品之故。

志忠生长在一个叫花坛的乡下。五岁开始他就要在清晨三点钟起床，和母亲一齐煮猪菜养猪。这时候他开始画画，画画已经是决定为今后一生的职业。

从花坛到台北是一段辛苦的过程，志忠只记得美好的一面。

他的《老子》《孟子》已深入民心。在韩国和大陆，他的画大受欢迎。除金庸作品之外，读者层面最广的中国人应该是他吧。

近年，他的画充满禅机，和佛教似乎结了不解之缘。他并没进入虚无的世界，对于绘画反而很积极。作品陆续面世。

志忠让我看他没发表过的佛像研究。头冠、发饰、衣服，无微不至深入地考据。配合他绘画的才能，详细地记载下来，令人惊叹他的功力和耐力。

看着这个头脑很大、头发又长的男人，有时我害怕他大彻大悟，放下尘世的一切。我问他："会不会有一天忽然不画了？"

志忠笑了，笑得很可爱。又带一点怕羞的感觉，和乡下的儿童的表情一模一样。摇头说不会。

不了，还是先请他画一张。心中那么想，但不好意思说出口。他好像看懂了，画了一只猫给我，是只粉红色的猫，很像他自己。

黄春明

黄春明

这次来台湾，很值得的两件事便是遇到蔡志忠和黄春明了。

黄春明写过很多小说，是我喜欢的作家。因为他没有一般台湾人那么缠脚布般的文字描写，从他的书可以看到一份真。

真，在作家来讲，是很重要的一件事。

黄春明避开吵闹的台北，住在他出生的宜兰。至今还是拒绝买一辆汽车，骑着一辆史古托四处游荡。

已是六十岁的人了，笑起来像一个小孩子那么单纯。

我们一见如故，爱死这个风趣的长者。

他现在做的是很有意义的事，和老人一起重新创造人生。

宜兰乡下，年轻人都到台北去谋生，剩下一群老人。

“我们只在养老，只在等死。”老人家异口同声地说。

黄春明说：“你们一定有自己的技能，只是不肯去发挥！”

老人不同意。

黄春明说：“从前搭屋子不是你帮我我帮你的吗？”

老人点头。

从此，大家搭起茅屋来。

这种失去的艺术，读建筑系的大学生和教授大感兴趣。派一大堆人来实地学习捆绑茅草的方法，已分福建式、客家式、台湾本土式和山地民族式等等，学个不完。

“你看，大学生都让你们教，还说人生没意义？”黄春明指出。

老人带泪微笑。

黄春明对吃更有研究。我们一谈起台湾菜，没完没了。在餐厅吃东西，提起别的小食，他即刻闯到路边摊档买一份给我，可爱得紧。

望着他骑史古托的背影，想起朱自清的父亲。

牵猪哥

黄春明在他的一篇散文中，提起牵猪哥的事。我小时候也曾目睹，相信现在的年轻人听也没听过。

牵猪哥，是一个人养了一条公猪，拿了绳子绑着它的颈项，牵着它到农村的各个喂猪人家配母猪去也。

在黄春明的幽默文字中有这样的描写：这头公猪最引人注目的是两只后腿中间夹着硕大的发亮的睾丸包。也只有对具有这么大规模的包的公猪才配得上和我们称兄道弟，称它为“猪哥”。

黄春明说这种老行业在台湾生活中占过地位。引据台湾话中有一句：“告诉你听不进去。最后啊，最多也只不过是牵猪哥赚畅。”

这个“畅”字是乐的意思。

黄春明是斯文人，所以用的是“畅”。我们粗俗，我们是说：“告诉你听不进去。最后呀，最多不过是牵猪哥，赚‘干’！”

的确，牵猪哥赚不到什么钱。最重要的是旧时人很讲信用，要猪哥干到有结果为止，套现代语是“包生”。

包生，猪哥精力有限，万一累死了，牵它的人可要吃西北风去。

当今，这行业当然给人工受孕代替，再先进的还用复制呢。

在台湾乡下，看过一台酬神的哥仔戏。台下观众尽散，只剩下歌者一个人在唱，说是唱给鬼听。我们用文字为生的人，会不会也有一天没人阅读，和牵猪哥一样消失？

甘健成

悼甘健成兄

我们那辈，不管年纪大小，总以某某兄称呼对方。我一向叫镛记老板甘健成为健成兄，连店里的伙计也那么称呼他。

做了国际闻名的餐厅老板，当然有个老板样。健成兄比我小几岁，样子则稳重得多，我也以他为长辈敬之。两人之交数十年，在二〇〇一年五月二日的《壹周刊》中写过一篇他的事迹，叫《烧鹅先生》。苏美璐做的插图，有健成兄父亲甘穗辉的肖像，颇为传神。健成兄表示很欣赏那幅画。

老先生去世后，我千方百计找回原图，镶好镜框后双手送上。健成兄颇感动，把画挂在老先生生前喜欢坐的那张桌旁边，以示纪念。

如今连健成兄也走了，我再为文追悼，盼苏美璐另作一画。镛记后人有良知的话，应当再挂于壁上。

丧礼在香港殡仪馆的大堂举行。香港政界名人的花圈送到。其他友好的，摆满礼堂，排到街外。可见健成兄的人缘之广。

老伙计们安排我扶灵，要我在灵前说几句话，我当然不回绝。我脑海极为混乱，都是健成兄与我之交的点点滴滴。就从他的愿望开始吧。

有了家庭纠纷之后，健成兄第一个找我商量。说不足为外人道，一直流泪。我拍拍他的肩膀，建议不如和我一齐环游世界一周，到处欣赏美食，忘掉不愉快的事。

健成兄点头答应，但他继续每天亲自招呼客人。我想，基本上他是一个很爱人类的长者，只有在食客当中找到欢乐，才有那么多人惦记着他吧？

另一愿望是在海外开发镛记分店，有一外资机构在上海滩最好的地点上想请他过去。为了此事，也和健成兄走了一趟上海。公事之余，我们到每一家我喜欢的餐厅找东西吃。

去了一间很简陋的菜馆，叫“阿山”的。刚好门口有位老者抓了一只山瑞来卖，叫价非凡。店里伙计本要把他赶走，我们阻止，并即刻买下。

请老厨做了一个浓油赤酱的红烧山瑞，吃得非常满意。健成兄说我们是有福之人，返港后也常为此事津津乐道。如果能与他多往海外旅行，必定有更多的收益。因为健成兄是一位真正懂得美食之人。比起他，我们这些所谓的食客简直微不足道。

他对于每种食材都作很深入的研究，并熟悉古今做法。我做电视节目时与他多番讨论并一一记录，留下给后代的有心人作为参考。

单单是一道红豆沙，镛记的仓库中每年都得囤积数十公斤陈皮。一年复一年地收集，才不至于断货。店里的红豆沙有了这些陈皮，卖出名堂，传说一碗卖五百港币。事实上，只卖几十元。我去了，他由办公室中取出不知年的陈皮，笑说如果用这些，何止五百。

我们由烧鹅的制作开始录像。所有过程拍得清清楚楚，大家都可以仿效。但是所用之炭须来自马来西亚的“二坡”，火力猛烈方能烧出原味。这些细节能做到的话，就可由一个小小的大排档做到建立一栋大厦。当然有老先生在旁指导，但健成兄的功绩是有目共睹的。

由烧鹅发展出的全鹅宴，有皇帝吃的鹅脑冻，还有鹅髻羹也是罕见的。再有全猪宴，有我们共同将《随园食单》中的“云雾肉”重现出来。另有金庸小说内的“二十四桥明月夜”，整只火腿挖出二十四个洞来填豆腐蒸出。

健成兄不但厨艺了得，文章也有一手。他以半古文的著作，集于《镛楼甘馔录》和《镛记名菜食谱》中。他收藏有许多前人的饮食著作，有何不明者即刻查阅。我们常向他讨教，堪称亦师亦友。

电视节目中，我们又记录了失传的名菜“龙趸皮炒龙虾”“米饭焗烧肉”等等。还有他拿手的“唇夹翅”。

也不只是名贵的食材才能做出好菜。“桂花炒津丝”其实是将最便宜的鸡蛋炒成一粒粒桂花的形状，加上最家常的粉丝。

吃喝并不一定是贵的。说到喝酒，健成兄和所谓酒徒一样，到了最后还是喜欢威士忌。饮的也不是什么名贵的品牌，只是最普通的THE FAMOUS GROUSE（著名松鸡）。因为招牌上有一只小鸟，给健成兄叫作“雀仔威”，叫出了名堂。

有次将我们喝“雀仔威”的事写成文章，说一瓶只有一百多港币。报馆编辑一定要把我写的一百元改成一万多，说有什么理由我们两人喝一百多一瓶的酒呢？

想念健成兄，想念他的菜，我闭上眼也能如数家珍。先来一碟皮蛋，是二十八天前做的，才有溏心。其他有“礼云子蒸蛋清”“清凉牛肉”“金镶豆腐”“羊头蹄汤”等。还不能忘记店里的人为他做的“太子捞面”。说到面，有很多食客忽略的是镛记的云吞面。面条弹牙，云吞包得有金鱼尾，原汁原味，但被烧鹅盖过，少人提及。

后期闲聊时，我们都说当今食材大量生产或人工养殖，已愈来愈不像话。人们的性情贪婪的居多，这世界怎么变得如此？唉，还是健成兄好福气，菜不再做给俗人吃。到西方去，做给仙人吃。

烧鹅先生

今夜又在中环的“镛记”设宴。

老板甘健成先生和我有深深的交情，常听我一些无理要求。为了答谢参加过我的旅行团团友，每次都在甘兄的餐厅举办大食会。菜式非特别不可。

第一次和甘兄研究金庸先生小说中的菜。只听过没吃过，做不做得出？

“试试看，试试看。”是甘兄的口头禅。

做出来的结果令人满意，唯一不足的是“二十四桥明月夜”。书上说是黄蓉把豆腐镶在火腿中给洪七公吃的，简直不可思议。经三番四次地商讨之后，我们决定把整只金华火腿锯开三分之一当盖，用电钻在余下三分之二的肉上挖了二十四个洞，再用雪糕器舀出圆形的豆腐塞入洞里。猛火蒸之八小时，做出来的豆腐当然皆入味。客人只食豆腐，火腿弃之。大呼过瘾也。

这席菜后来也搬到台湾去，为金庸先生的座谈会助兴。陈水扁和马英九都来试过，大赞“镛记”的厨艺。

之后我又出馊主意，向甘老板说：“才子袁枚写的《随园食单》也都只是听闻，要不要办一席？”

“试试看，试试看。”他又说。

当晚客人留下最深印象的是“熏煨肉”。食谱写的是：“用酒将肉煨好，带汁上。木屑略熏之，不可太久，使干湿参半，香嫩异常。”

甘兄依足古法做了三次，我前来试过三次，才召集好友。“熏煨肉”分十小方块上桌，一桌十人，每人一块。早知一定有人叫“安哥”，已做定了另一份。大家又一口吞下。第三次要吃，已经没了。

最后这一回是临时举办的，没有时间试做试吃。要做些什么才好？我给甘兄三天去想。

不到三十分钟，他已写好一张菜单传真过来。一看：菜名抽象得很，像“风云际会迈千禧”“红雁添香”“萝卜丝鱼翅”“徽州鱼咬羊”“顺德三宝”“玉环绕翠”“银丝细蓉”“佛手蟠桃”“菱池仙果”和“上林佳果”。

“我有把握。”甘兄在电话上告诉我。这次他连试试看也不说了。

“镛记”被外国名杂志誉为全球十大餐厅之一，不是浪得虚名。它的烧鹅出名，由一个街边档发迹成为拥有整座大厦，都是靠一只烧得出色的鹅。但今晚的菜没有烧鹅。所谓“红雁添香”，是用“熏煨肉”的手法把整只鹅卤后来熏的。未上桌之前先传来一阵香味，一下子被大家吞下。我巡视各处时，发现年轻人的那桌只吃肉，剩下鹅颈和鹅头。即刻向他们要了，拿到自己的座位上慢慢享受。

先将鹅头下巴拆了，吃肥大的鹅舌，味道和口感绝对不逊“老天禄”的鸭舌。双手轻轻地掰开鹅头，露出大如樱桃的鹅脑，吸噬之。

从前皇帝把鹅脑做成豆腐，以为是传说而已。“镛记”就有这种能耐。一天卖数百只烧鹅，取其脑制成，让我们这群老饕享受。可惜今晚人多，不能尝此美味。鹅颈的条状肉是纤维组织最嫩的。法国人也会吃，他们把颈骨头拆出，塞入鹅肝酱，再煎之。聪明绝顶。我想当今的法国年轻人也不会吃。

“顺德三宝”是哪三宝？上桌一看，平平无奇的炒蛋罢了。但一股异常的香味何来？出自礼云子。

礼云子是由每一只像铜板般大的螃蟹中取出的蟹膏。此蟹江浙人称之蟛蜞，卤咸来送粥。蟹已小，膏更小。集那么多来炒蛋，奢侈之极。

另一宝是“野鸡卷”。是用糖泡肥猪肉三日，卷好炸成。吃时又肥又多汁。还有一宝“金钱鸡”也和鸡肉无关。取其肝，夹了一片猪油，另加一片叉烧烤成。

“鱼咬羊”，是把羊腩塞入鱼肚中炮制的。鱼加羊，成一个鲜字，当然鲜甜。用的是整条的桂鱼，我认为用鲤鱼效果更佳。甘兄称原意如此，只是前三天买不到活鲤鱼。因为要用清水喂这么一段时间才无泥味。

“萝卜丝鱼翅”是上次吃过《随园食单》中取过来的。一斤半肉煨一斤上汤，将萝卜切成细丝渗入翅中煨之。我向甘兄建议，下次做只用萝卜丝不用翅。我们这班人翅吃得多，不珍贵。全是萝卜丝当翅，更见功力。

“试试看，试试看。”甘兄又说。

最后的咸点还有“银丝细蓉”。所谓细蓉，是广东人的银丝蛋面加云吞。昔时在街边档吃时用的碗很小，面也是一小撮。碗底还用调羹垫底，让面条略略浮在汤上，才算合格。云吞则以剁成小粒的猪肉包的，肥四瘦六；加点鲜虾，包成金鱼状，拖了长尾巴。云吞要即包即煮，如果先煮好再浸滚汤的话，那鱼尾一定烂掉。今晚上桌的细蓉云吞完整，面条爽脆。我指出，在街边一碗碗做，也许完美。我们十三桌人，共一百三十碗，碗碗都那么好吃，才叫细蓉。甘兄听了拥抱我一下。

“怎么没有腐乳？”客人问。

“饶了他吧！”我指着甘先生说。

“镛记”的腐乳是一位老师傅专门做给甘兄的父亲吃的，又香又滑。最重要的是：又不咸。

因为老人家不可吃太多盐分。上次聚会，我忽然想起，说要吃他们家腐乳。甘兄勉为其难把所有的都拿了来，吃得大家呼声不绝。但害老人家几星期没腐乳送粥，真是过意不去。

张彻

悼张彻

第一次遇到张彻，他已经四十出头。但还是很愤怒，不满目前的工作，对电影抱着自己一套的理想。

跟他一齐来富都酒店找我的是罗烈和午马。二十几岁的小伙子，傍着张彻吃吃喝喝。

张彻大谈中国电影为什么不能起飞，什么时候才和好莱坞作品争一长短。身高六尺的他，穿着窄筒的裤子，留着一撮钩状的短发挂在前额，不断地用手指整理。

乘他走开时，罗烈偷偷告诉我："他原本是徐增宏的副导演，也写剧本。后来自己拍了一部，公司很不满意，说要烧掉。"

徐增宏，绰号毛毛，摄影师出身的天之骄子导演。太年轻出道，喜欢骂工作人员，据午马说张彻给他骂得最厉害了。

当年我被邵逸夫先生派去东京，当邵氏驻日本经理。半工读，负责购买日本片在东南亚放映的工作。香港没有彩色冲印，拍完后送到东洋视像所。拷贝送去之前由我检查，所以也看了所有的邵氏出品。

后来看到张彻的《独臂刀》，实在是令我耳目一新，拍出了他谈过的真实感和阳刚之气。

尽管他已成为很有势力的所谓"百万导演"。我人在日本，不知他的威风。当公司说他要来拍《金燕子》这部戏的外景，我负责制作。重逢时还是当普通同事看待，平起平坐，公事公办。

研究完剧本后，我们在一家日本寿司店的柜台坐下。张彻不停地用他的打火机“叮”的一声打火抽烟，又不停地用钢笔做笔记。还有最奇怪的是他不停地玩弄露在西装外的袖口。我对他那些怪动作不以为意，到最后他忍不住了问：“你没注意到打火机、钢笔和袖口扣是一套的吗？”

在拍摄现场，张彻大骂人，骂得很凶。对副导演、道具和服装，一不称心即刻破口大骂。张彻似乎在徐增宏身上学到的是骂人。我觉得人与人之间总要保持一份互相的尊敬，但张彻绝不同意。每一个人都不同，只有由他去了。

当年张彻的片子，除了武打，还带一份诗意。在《金燕子》中，他自己写字（他的书法不错），把字放大在片厂的白色墙壁上，再由一身白衣的男主角王羽慢动作走向镜头。我很欣赏这场戏。但是午马说大陆片《林冲夜奔》也出现过，我没看过那部电影，不知道张彻是否抄袭别人的。

金燕子这个角色是承继了胡金铨拍的《大醉侠》中的女捕快，由郑佩佩扮演。她当年也是邵氏的大牌，公司让她来东京学舞蹈，由我照顾她的起居。佩佩早闻张彻一向喜欢男性为主的电影，肯不肯接她的戏还是一个问题。张彻来到日本之后，花了整个晚上说服她才是真正的女主角。不过，当片子拍出来之后，戏还是放在王羽身上。

当大家工作一天辛苦之后，都跳进旅馆的大池子泡的时候，工作人员就从来没有看过张彻出现。房间没浴室，也不见他三更半夜偷偷跑出来冲凉。一连两个礼拜，谣言就四起了。日本职员纷纷议论：“导演是不是Okama？”

Okama，日语屁精的意思。

到底是不是呢？张彻从来没有和女主角闹过绯闻，后来也娶了梁丽嫦为妻。在当年呼风唤雨的地位上，张彻要利用权威搞同性恋的话，机会大把。

不，我并不认为张彻有断臂之癖。

张彻的恋爱是属于精神上的，有点像《死在威尼斯》的音乐家暗恋美少年的味道。他一向欣赏男人的肌肤筋骨，大多数片子的男主角在决斗之前总是脱光上身，打杀至血淋淋为止。

就算是对长得极美貌的傅声，张彻也只像小狗一样摸摸他的头，从来不见他有任何“越轨”的行动。我可以说得上是一个很了解张彻的人，毕竟，我们共事了二十年。

王羽离去之后，张彻培养了第二代的姜大卫和狄龙。他们翅膀丰满后张彻又把陈观泰捧为银星，第四代的又有傅声，第五代是一群台湾来的新人。

暴力在张彻的电影占据重要的位置，《马永贞》最具代表性。陈观泰光着身子和拿着小斧头的歹徒对斩，血液四溅。道具血浆是日本方面进口的，一加仑一加仑用塑料罐空运而来。日本血浆最好用，可浓可稀。又可以装进一个避孕套中放进口里，被对方重拳击中胸口，演员用牙咬破套子，由口喷出。而且道具血浆主要原料为蜜糖，吞下肚也是美味。

血还满足不了张彻。坏人的武器叫道具设计成铁钩，要把肠也挖出来才算过瘾。

当年电检处高官拉彭和我们关系良好，他的思想又开放，张彻怎么搞都不皱一下眉头。但是新加坡和马来西亚的就没那么客气，张彻的片子送检总有问题。发行工作由我哥哥蔡丹负责，他在片子上映前总得四处奔跑才获通过。

星马是一个很重要的市场，邵氏公司再三要求张彻不要拍得那么血腥。但张彻一意孤行，照拍他的破肚子、挖血肠的结局。

张彻在高峰期一口气同时拍四五部电影。

邵氏的十四个摄影棚他要占七八个，让他一天可以拍两三组戏。但从第二棚到第五六棚他都不肯走路过去。

住的是影棚附近的宿舍，一下楼就坐上车子，拍完戏坐车回来。他和董千里、杨彦歧，三人一齐和邵逸夫先生开会，订出制作大计。

因为他导演的每一部戏都赚钱，多多益善，三人献计创造出“联合导演”的方案：张彻挂名，由桂治洪、孙仲、鲍学礼等年轻一辈导演去拍。张彻只看毛片，决定戏的好坏，是否要重拍等等。后来演变为监制制度和执行导演的制度，影响至今。

年轻导演总有点理想，希望在片中加点艺术性或探讨社会性的东西进去。商业路线就走歪了，变得不卖座。张彻绝对不允许这些行为，又开始大骂人。我亲眼看到一些已经三十多岁的导演被张彻骂得淌出眼泪来，深感同情，对张彻甚不以为然。发誓有一天和他碰上一定和他大打出手。张彻从不运动，打不过我的。

但是我们之间好像没有冲突过。他一有空就跑到我的办公室，聊聊文学和书法，喝杯茶。偶尔也约金庸先生和倪匡兄一起去吃上海菜。这期间倪匡兄为他写的剧本最多，大家坐下来闲谈一会儿主意就出来了。倪匡兄照样说：“好，一个星期内交货。”其实他三天就写好，放在抽屉中再过四天后等人来拿。

剧本是手抄后用炭纸油印出来装订的。张彻在等摄影组打光的时候用笔在动作和对白之间画线，分出镜头来。夏天炎热，整个片厂只有李翰祥和他有一台移动冷气机，由这个角落搬到那个角落，只在分镜头时张彻没有开口骂人。

一九七四年他在香港感到了制作上的限制，向邵逸夫先生提出组织自己的公司“长弓”。带了一大队人去台湾拍戏，资金由邵氏出，张彻自负盈亏，但票房收益可以分红。

这是张彻兵团走下坡的开始。在台湾的制作并不理想，两年后就结束了长弓公司，欠下邵氏巨额的债务。

换作别人，一走了之。但是张彻遵守合约，用导演费来付清欠款，一共要为邵氏拍二十几部戏抵还。每天再由片场回到宿舍，从宿舍到片场，一个摄影棚到另一个摄影棚，剧本上的镜头分了又分。

因为他完全不走动，骨头退化，腰逐渐弯了。有一天从楼上走到车子，司机等了好久从倒后镜中也不见人。打开门去看，才知道张彻倒在地下，动也不动。

病过之后，他照样每天拍戏。闲时又来我的办公室喝茶，向我说：“人在不如意时可以自修。”

我在张彻鼓励之下做很多与电影无关的学问，但张彻本人能劝人自己却停留着。动作片的潮流更换了又更换，李小龙的魄力、成龙的喜感、周润发的枪战等等，张彻的动作还是京剧北派式的打斗，一拳一脚。

合约满了后，张彻到大陆去拍戏，带动了早期内地的武打片，至今的许多电视动作片集中还能看到他的影子。

从电影赚到的钱，张彻完全投资回去。有过光辉的人，不肯退出舞台。我曾经写过，张彻像他戏中的英雄，站在那里被人射了一身的箭还是屹立不倒。

我在嘉禾的那段日子，和张彻的联络没中断过。出来吃饭时他的听觉已经丧失，眼又不大看到东西，互相的对话有困难就用传真书信。张彻的身体不行但思想还是那么灵活，传真机中不停地打印出他种种的要求。

也曾经帮他卖过一些小地方的版权。张彻在大陆拍的戏我没有力量为他在香港发行。

老态愈来愈严重的他实际年纪并不比李翰祥大。李翰祥在晚年还是大鱼大肉到处跑的时候，张彻已经连门口也不踏出一步了。

二〇〇二年四月，香港电影金像奖发出“终身成就奖”给他时看到他的照片，已觉惨不忍睹。英雄，是的，不许见白头。

我一方面很惦记他，一方面希望他早点离去。

不能够平息心中的内疚，我只有怨毒地想：“当年那么爱骂人，罪有应得！”

但是，这是多么可怜的想法。

张彻终于在二〇〇二年六月二十二日逝世。后事由邵氏和他的太太及一班契仔处理。邵逸夫爵士对这位老臣子不薄，一直让他住在宿舍里头。

书至此，半夜三点，旧金山中午十二点。打电话给倪匡兄，他也看到了报纸。

“临走之前他的头脑还是很清醒的。”我说。

倪匡兄大笑四声：“人老了，头脑清醒身体不动有什么用？不如老年痴呆症，身体还好头脑不行。像个小孩或像老顽童那才好。张彻这个老朋友，也认识了四十多年，早点走好过赖在那里不走。”

张彻的葬礼

张彻的葬礼在二〇〇二年七月七日举行，早一天的下午三点半已设堂守灵。

我三点正到达，以为还没人。姜大卫和李修贤已经在殡仪馆打点一切。他们已为葬礼奔跑多日，实在难得。

“明天还是要你走一趟了，”大卫说。数天前他来电话，说本来由张彻的一群契仔扶灵，最后还是决定留给一些德高望重的人。

老是老了，但不知道什么时候也变成了德高望重。对大卫的请求，我说：“和张导演是老同事了，应该做什么就做什么。如果你找到更适当的人，就让他们去扶灵。总之一句话：我愿意但我不争。”

大卫忙着其他安排，留下李修贤招呼我。他说：“原来买的是一个西洋式的棺材，但是装不进去。只有临时从大陆买了一副中国式的。”

原来张彻腰弯，去世之后萎缩得更厉害，变成个“V”字形。最后化妆也得坐着化。

翌日上午十时三十分大殓，我九点钟到达。吴宇森和王羽比我早到，大家闲聊了一会儿。

拜祭的人陆续来。遇到一群当过张彻的工作人员，都是几十年没见过面的。导演同行如洪金宝、许鞍华、王晶、陈果、谷德昭也来不少，最难能可贵的一位步伐蹒跚的性格演员叫李寿祺。他在张彻戏中出现多次，从来没有人记得他。李寿祺本人也有八九十了吧。

葬礼开始是由张彻的大弟子王羽说他的生平。王羽站在麦克风后面，以大侠风范大声念出。

接着是黄岳泰。他代表了香港电影导演会、编剧家学会、制作行政人员协会、专业摄影师学会、剪辑学会、演艺人协会、动作特技演员公会、美术学会和灯光协会，又念出悼文，也是歌颂张彻生平。

又一队由黄摒中代表的什么什么协会上去讲几句话，更是重复。

第四名演讲的是姜大卫，我心里想别再讲什么生平事迹了，大家已经知道。

岂知姜大卫一上去即泣不成声。

最后，他忍泪说导演生前说过，他并没有收过什么契仔。我们这一群也没当面叫过他，现在我代表其他人在灵前叫一声“契爷”。

说完大卫领导了郑雷、陈观泰、李修贤、郑康业、戚冠军、罗莽、梁家仁、陆剑明、叶天行、钱小豪、郭进和王哲民跪地叩头。场面动人。

张彻没有子女，家属由他太太梁丽嫦一人答谢，来得寂静。但有这一大批契仔站在她的身后，非常壮观。

契仔之中没出现的有罗烈、午马、狄龙、王钟和陈星，但名单上有他们的名字。还有一个契仔，用黑色框框框住，那就是傅声了。

去世的人已谈得太多，还是讲讲这一群契仔的近况：王羽在台湾，生活优哉游哉，偶尔做做生意。罗烈和午马都住在深圳，很难得地拍拍电影和电视。陈观泰也在大陆发展。吴宇森去了好莱坞，大家都知道。郑雷也许各位不记得，他最先出现在张彻的戏里，练了一身的肌肉，时常破肚身亡。他现在已经退休，六十几岁人身体还那么健壮。姜大卫拍拍电视片集，愈演愈老到。狄龙还是有时客串电影，他人在大陆，赶不到，派了儿子谭俊彦前来拜祭。郑康业是骑师出身，个子矮小，曾和叶德娴结过婚。两人住在邵氏宿舍里，叶德娴当年看来师奶一名，想不到离婚之后在影坛和歌坛创另一番事业。至于郑康业本人曾经移民到美国一阵子，现在回来在澳门马会当指导。陈星我就打听不到他在干什么。戚冠军来自台湾，我也没机会和他交谈，听王羽说他开过餐厅。另一位台湾来的郭进，目前是无线电视的武术指导，代替了唐佳的位置。梁家仁的印象是雄赳赳的大个子硬汉，本人个性温和。我们在澳洲一起拍戏时成为谈得来的朋友。他现在也拍拍电视，最近还出现在一个广告里。和梁家仁一起出道的王龙威就不知下落了。陆剑明后来当了导演，拍了很多部戏。叶天行对电影的热诚未减，钱小豪也偶尔拍拍。

契仔之中最有心、最孝顺、为张彻做最多事的是李修贤，但是张彻生前对他最不疼爱。李修贤在影坛中有今天的地位张彻没有帮过忙，都是他自己建立的。

已经到了送走张彻的时刻，灵柩由王羽、吴宇森、楚原、许冠文、马逢图、石琪、黄霑和我推向灵车。

大堂的中央写着“影艺宗师”四个大字。两旁的一副对联是：“高山传天籁，独臂树雄风。”

“高山”指张彻写的《高山青》这首大家都会唱的歌，“独臂”当然是说他的成名作《独臂刀》了。

“对得不错，是谁写的？”我问。

大家都指着黄霑。怪不得，他的词写得那么好，对这对子没有问题。

“没人肯写，只有由我来了。”黄霑说，“对完我打电话给倪匡问他的意见。”

“他怎么说？”我问。

黄霑说：“他大笑四声，说对得妙。改天我死了，也由你来写好了。”

成龙

成龙

我们在南斯拉夫拍《龙兄虎弟》的外景，已经拍了三个星期的戏。中间成龙必须去东京宣传要上映的《龙的心》，他一去五天，我们只好拍没有他的戏，一回来即刻要上阵。五天里坐飞机来回已花去四十八个小时，这趟在日本时昼夜有记者招待会，他够辛苦的了。

精力过剩的他不要求休息，当天拍了一些特写之后接着便是难度很高的镜头。

外景地离开市中心四十分钟，是座废墟。两栋墙中隔着一株树，戏里要成龙由这边的墙跳出去，抓到树枝，一个翻身，飞跃到对面的墙上。

由树枝到地面有十五米那么高，地上布满大石头。为了要拍出高度，不能铺纸皮盒或榻榻米。

“行不行？”工作人员问。

“行。”成龙回答得坚决。

更高的都跳过，《A计划》和其他戏里的压轴场面比这更危险。成龙自己认为有把握做得到。

摄影机开动，成龙冲前，抓到树枝，翻到对面，一切按照预料的拍完。南斯拉夫工作人员拍掌赞好，但是成龙不满意。用他们的术语是动作“流”了，一举一动没有看得清清楚楚。

“再来一个。”

第二次拍摄过程是一样。动作进步了，已经很清楚，而且姿势优美，大家认为能够收货。

成龙的意见是：看准了目标跳过去像是为做戏而做戏；剧情为被土人追杀，走投无路慌忙中见那棵树而下此策；所以最好是接他回头看土人已追到再跳上树才更有真实感。

照他的意思拍第三次。一跳出去，刹那间，大家看到他抓不到树枝往深处直落地掉了下去。

大概是成龙的本能吧。明明是头部往下冲的，后来我们一格格地看毛片，成龙掉下去的时候还在翻身，结果变成背着地。

传来很重的“咔嚓”一声，心中大喊不好。

成龙的老父也在现场。他心急冲前想看儿子的状况，要不是给南斯拉夫工作人员拉住差点也跟着摔下去。

爬下围墙的时候，只求成龙没事，他已经摔过那么多次都安然无恙。冲上前看到成龙时才知道事情的严重。

成龙的身体并没有皮外伤，但是血像水龙头出水一样地由耳朵流出来。他的头下面是块大石。

大家七手八脚地用最顺手的布块为他止血。现场有个医生跟场，他跑过来递上一片大棉花掩住成龙的耳朵。

“怎么样了？”成龙并没有昏迷，冷静地问道。

“没事没事，擦伤了耳朵。”化妆师阿碧哄着。

“痛吗？痛吗？”成龙爸爸急得不知说什么才好。

成龙摇摇头，血流得更多。

担架抬了过来，武师们把成龙搬上去：“千万要清醒，不能睡觉。”

十几个人抬他到车上。这条山路很狭窄，吉普车才能爬上来，十分钟后才能走大路。

崎岖颠震下，血又流了，棉花一块浸湿了又换一块。成龙爸爸担心地一直向他另一边的脸亲吻。

上另一辆快车直奔医院，但是最近的也要半小时才能抵达。成龙一直保持清醒，事后他告诉我们头很晕、很痛、很想呕吐，还是强忍下来。终于到医院，这段路好像走了半生。一看这医院怎么这样地简陋和破旧。冲进急救室，医生一连打了四针预防破伤风的药，再为成龙止血。可是血是由脑部溢出，怎么止得了。

“不行，一定要换脑科医院。”医生下了决定。

又经过一场奔波，到达时发觉这家脑科医院比上一家更残旧。心中马上起了疙瘩。

过了一阵子，医生赶到，是一个外形猥琐的老者。满头零乱的白发，那件白色的医袍看得出不是天天换的。

他推成龙进X光室扫描，拍了数十张照片。

经理人陈自强乘这个时候与香港联络，邹文怀和何冠昌两位得到报告，马上打电话找欧洲最好的脑科医生。

医院的设备和它的外表不同，许多机器都是先进的。X光片出来后，医生们已组成一个团体，共同研究。

“病人的脑部有个四英寸长的裂痕。”医生以标准的英语告诉我们。

“流了那么多血有没有危险？”陈自强问。

“好在是由耳朵流出来。”医生回答，“要不然积在脑部，病人一定昏迷。”

“现在应该怎么办？”

“马上开刀。”老医生说，“病人的头颅骨有一片已经插上脑部。”

一听到要在这山卡拉地方动手术，大家更担心起来。

“不开刀的话，血积在耳朵里，病人可能会耳聋。这还是小事，万一碎骨摩擦到脑就太迟了。”那猥琐医生说。

犹豫不决，要得到成龙爸爸的许可医生才能进行。怎么办？怎么办？开刀的话，一点信心也没有，手术动得不好那不是更糟？长途电话来了，现在搬成龙去别的地方已来不及，由巴黎的国际健康组织介绍了南斯拉夫最出名的彼得逊医生开刀，必定没错。

“我们要由彼得逊医生动手术！”大家激动地喊，“快请彼得逊医生来，彼得逊医生到底在哪里？怎么找得到他？”

其貌不扬的猥琐老头微笑地对我们道：“别紧张，我就是彼得逊医生。”

成龙的父亲在证书上签了字。

彼得逊医生安慰道：“请不用担心，这个手术说起来比接上碎了的手骨脚骨更简单。问题是动在脑部，你们以为更严重罢了。”

说完，他把烟蒂摁熄，带领了一群麻醉师、护士和两个助理医生走入手术室。

一个钟头，过得像爬着般的慢。开这么久的刀，医生还说不严重。

手术室外有个小房间，几名辅助护士在等待，有必要用到她们才进去。南斯拉夫人都是大烟虫，这几名女人大抽特抽，弄得整个小房间烟雾朦胧。

门打开，彼得逊医生走出来。

我们以为手术已完成，想上前去询问。岂知他向我们做一个等一下的手势，向护士们讨了一根烟，点火后猛吸不停，抽完后才又回手术室去。

天哪！天下哪有这样的医生，要不是说他是名医，我们早就吓破了胆。

好歹再过了一小时，整队医务人员才走出来。

“情况怎样，医生？”陈自强问。

彼得逊摇摇头，大家都吓呆了。

“我从来没有看过这么样的一个病人。”彼得逊点了烟说道，“从他进院、照X光到动手术，血压保持稳定没有降过。真是超人，真是超人。”

“危险期度过了吗？”陈自强大声地问。

“度过。不过要观察一个时候看有没有后遗症。”

大家都松了一口气。

彼得逊又猛吸烟：“你们在这里也没用，回去吧，病人要明天才醒。不用担心，包管他十天以后像新的一样。”

护士把成龙推出来，我们看到他安详地睡着，像个婴儿。

病房是六个人一间的，环境实在太恶劣。陈自强吵着要换单人房，出多少钱也不要紧。

彼得逊又摇头摆首：“紧急病房大家共享，不是为钱，为的是人道主义。”

彼得逊嘴是那么讲，但是第二天终于把成龙换到一个两个人的房间。里面什么急救机器都齐全，以防万一。我们看这个情形，也不能再要求成龙住一间私家病房了。

护士们一面抽烟，一面啧啧称奇。我们去看成龙的时候，她们说：“这位病人醒来还能吃早餐，而且胃口来得奇好。普通人现在只吐黄水。”

这一天，医生只让我们几个人看他。进入病房时要穿上特别的袍子，见成龙躺在床上，他爸爸又去亲他。他与我们握手，没有多说话，昏昏地入睡。

第三天他开始头痛。“这是必然的现象。”医生说完叫护士为他打止痛针。每一次打针成龙都感到比头痛更辛苦，这个人什么都能挨，就是讨厌打针。

有八个护士轮流照顾着他。其中有一个特别温柔，打起针来也是最不痛的。可惜这个护士很丑，她有一个大鼻子。可能这一点与成龙能够认同。

已经可以说笑话了，成龙说都不辛苦，最难受的是醒来的时候发现有两根管子，一根插入尿道。另一根在后面，动一动就痛得死去活来。后来不用，拔出来时更是杀猪一般的惨。

阿伦来看他，护士叫他在外面等，阿伦一边等一边吹口哨，是戏里两人建立感情的友谊之歌“朋友”。成龙在里面听到，便跟着把歌哼出来。

香港方面开始以为这是小伤，因为传说成龙已经能够又唱歌又跳舞了。这是错误的消息，因为当时医生还不知他治好之后会不会变成白痴。

过了一星期，彼得逊见他恢复得快，便为他拆了线，是分两次进行，先拆一半，停一天再拆另一半。缝了多少针大家都不敢问。

“可以出院了。”彼得逊说，“相信酒店环境比这里更好。”

伤了这么久才发消息，是因为不想惊动成龙在澳洲的老母亲。

“我们三星期后继续拍摄，不影响戏的质量。上次失败的镜头还要再来。”成龙说。

成龙的日本影迷

成龙在日本十几年来还是那么受欢迎有他的原因。

主要是，他为人和蔼可亲。更重要的是，他的搏命动作日本男明星没一个学得来，难道高仓健、千叶真一等人肯由数十尺高的钟楼摔下?

而且日本明星一向爱摆架子。后藤久美子来拍《城市猎人》的时候，日本影迷认出是她，上前要求签名。她最初不瞅不睬，后来成龙向她说："亲近影迷是我们做演员工作的一部分。"

后藤久美子被点醒之后露出笑容，可爱得多。

在嘉禾工作的这十多年来，从来没有一天不看到日本影迷寻路到片场来的。有时单独，偶尔结群。不管成龙是否在片场拍戏，痴痴地等。

运气好的，遇上成龙。要是他忙，总向她们说："Chyotto Matte等一下。"

做完了事，成龙必定走下来和她们拍张照片，让她们高兴地回去。

"老远地来。这也是我最低限度能做的事。"是成龙一贯的回答。

每年当他生日时，日本影迷一千人以上包了两三架747前来道贺，他也依例地请影迷吃饭。今年是在成龙的会所举办烧烤大会，还有龙虾吃呢！影迷大乐。

跟成龙去过日本拍外景或搞宣传好几次。他每到一处，影迷一定出现，原来是有组织的。由一群探子在酒店捕捉，其他人得到消息后租小巴、包的士追踪。

成龙这个人的生活方式也不大有变化。去东京时总是在帝国酒店、三菱车厂、青山商店、舍丽娜餐厅等地方现身。这几条路线也被影迷摸得很清楚，万一在酒店被他溜走也能找到他。

影迷由《A计划》开始变得人数更多，组织力愈强。这十多年来，他们长大、事业有成，带出新的一批。我看到其中有对男女因为同样是影迷而结识恋爱成夫妇，生了小孩，又因意见不合而离异。

这次去宣传“暴暴茶”时又遇到他们两个，带着的小孩子骑在男的背上。我看到他可爱，上前去逗他：“你也喜欢积奇（Jackie）吗？”

“喜欢。”小孩点头。

“为什么？”

“爸爸妈妈在积奇来的时候才在一起嘛。”他回答。

通常日本影迷都有一个共同点：那就是他们长得并不好看。人一丑，就变得自卑，寂寞，精神上的寄托便依附在明星身上。

成龙影迷也是难看的居多。有些还染了七彩的头发，但并不粗鲁。也有例外的，像那几个富家女，长得蛮漂亮，成龙去帝国酒店住什么号码，她们都预先知道。在同一层租了间房，不见面也不要紧，只要感觉在他身边就很满足了。

但影迷也不好对付，她们会“教育”她们的偶像。

办法是这样的：成龙每一次来，她们都把自己的照片拿给他签名。最初只是签个名。几次之后，她们将自己的名字写在照片后面，成龙签名之前翻过来给他看，要求他把什么子什么子的名字写上去。

再经过一两次，她们便不再在照片后写，让成龙去猜。

成龙并非一个记性好的人。录唱片时记歌词对于他来说是件痛苦差事，当然不会去记得什么子什么子。

看到成龙记不得她们，下次出现时她们又会把自己名字再写上去，接着又不写了。要是这次再忘记，她们会做出一个极度悲哀的表情。

在这种情形之下，心软的成龙开始拼命地记得一个，不必翻照片底也写上了。

“哇！”的一声长长的喜悦呜叫，她的眼泪不停地一颗颗滚下。那个样子真叫人心酸。

这更加鼓励了成龙努力去认识她们，接着哇哇长鸣的是第二个，第三个……

有时她们也会玩个“游戏”：几个同伴拿了一沓照片前来，成龙写了几个认识之后有些记不起。其中一个便偷偷地用英文提示：“天气、季节。”

啊，成龙记得了，是春子。

哇哇哇，又是喜悦的长鸣。

被影迷“教育”成功的，最少有三十多个。成龙记得那么多名字也算是奇迹。

但是成龙也倒过来向她们玩“游戏”：故意不记已经认识的女孩子的名字。向她说：“要是今年你考第一名，我一定记得。”

这是她们同伴告诉我的：有些女孩子从此不出门，不休不眠，果然给她们考中。我起初不大相信，但有一次我亲眼看到那张成绩表。

今天在丽晶酒店大堂遇到一个认得出的成龙影迷，她差不多一年来两三次。

“你父母放心你一个人来香港看积奇的吗？”我问。

她微笑：“是爸爸妈妈叫我来的。”

非洲狩猎记

有一年，成龙受环球小姐选美会邀请到南非去当评判。

美女如云。成龙印象最深的，还是总统曼德拉。

大赛完毕后，当局请成龙去看野生动物，并答应让他猎杀一头，以做此行之高潮。

由首都约翰内斯堡出发，乘五六小时的车才在傍晚抵达，当然全无街灯。酒店房间的锁匙用的是一管手电筒，倒是相当地进步。以手电筒一照房门便开启。

酒店派了两个管家给成龙，一个黑人，一个白人。第二天他们叫醒成龙，上路去也。

原来这两名管家是兼司机、导游及狩猎伴侣。先请成龙乘上吉普车，用被盖着他的双脚，以免寒冷的晨曦冻着身体。

经过数小时的路程，来到一片周围一望无际的原野。黑人管家忽然刹住了古普车，跳了下来。用手指往一堆排泄物中一插，拿到鼻前闻一闻，黑人管家叽里咕噜。

“有一群豺狼一小时前在这里经过。”白人管家用南非英语向成龙解释。

黑人管家手也不抹，跳上车子继续寻找踪迹。

“你要不要亲自驾车？”白人管家问，“他可以指路。”

成龙一向对开车很有兴趣，但望着那方向盘，他客气地笑着摇摇头。

空中有许多黑点在飞翔，黑人管家又叽里咕噜。白人说："你真幸运，第一天就可以看见狮子了。"

"怎么知道的？"成龙好奇地问。

"那是秃鹰。"白人解释，"秃鹰出现一定是在等猛兽吃剩的肉。它们是天下最有耐性的动物，不喝水不吃东西，一等可以等个七八天。"

车子往秃鹰处开去，老远的，成龙看到了一群狮子。

车愈开愈近，成龙心中有点发毛，问道："走那么近不要紧吧？"

白人管家说："我们要假装谈话，狮子便不会感到威胁。在非洲，杀人最多的不是狮子或野豹，而是河马。"

"河马？"成龙不明白。

"是的。"白人管家说，"人们都以为那几吨的河马很笨重，哪知道它们跑起来一小时可跑五十多公里。河马经常比人类跑得更快，咬他们一口才过瘾。"

成龙拍拍心口，好在只是狮子。

一片原野之中，车子忽然往下冲，原来是经过一个凹进去的山谷。等车子爬了上来，我的天，那群狮子就在成龙的身边。

领头的雄狮一面用口撕开食物，一面瞪着双眼望着成龙。其它数头母狮也对着他"狮"视眈眈，发出低吼。枯树上的秃鹰惊得拍翼飞走。

成龙全身暴露在狮群面前。

"听……听……听说前……前几天有两个台湾游客被狮……狮子吃掉。"成龙记得要假装谈话那件事，寻找话题。

白人管家若无其事地："那是他们走下车，才会被咬死的。”

吉普车没有铁笼，下不下车有什么分别？

雄狮吃完东西，就轮流和那几只母的交尾。用口咬着它们的后颈，和猫做那回事一样。有只老雄狮也来参加性宴，给带头的那只狂吼一下吓退。

“看……看够了。”成龙说。

黑白无常才将车子开走，成龙捏了一身冷汗。

车子开到一个水源处停下。管家们在树下架起了营帐，打开折叠桌椅，铺上白布，摆好刀叉餐巾，拿出冰冻的香槟，让成龙野餐。

“要到晚上才有野兽出来喝水，到时找一只给你打。”白人管家没有忘记大会的诺言。

喝了酒，天气又热，成龙昏昏欲睡。

醒来已入夜。

忽然出现了一个都市，怎么会在荒野中有个都市？原来是无数的眼睛在闪亮。

哇！那么多的狮子老虎，冲过来咬人还得了！

黑无常叽里咕噜。白无常说：“不必担心，那是羚羊羊群，有羊群在最好。”

“为什么？”成龙问。

“羊群在，表示没有凶猛的动物走近周围。”

这时，月亮从乌云中冒起，成龙看到一群非洲大象，数百只长颈鹿，上千只的斑马，都前来水源喝水。气氛安详和平，像释迦觉悟后看到群兽前来朝拜的情景，蔚为奇观，为世人难忘的经验。

“回酒店去吧。”成龙说。

白无常说：“也好，酒店附近也有野兽，你随时可以杀一只。”

已经看到酒店，成龙看到一只眼睛，便向白无常要那双管猎枪。黑无常挥着双手，又是叽里咕噜地乱喊。

“他说什么？”成龙问。

“别杀这只。”白人管家说，“那是他家养的牛。”

自信

第一次见成龙是在电影摄影棚里。一条古装街道，客栈、酒寮、丝绸店、药铺。各行摊档，铁匠在叮叮当当敲打，马车夫的呼呼喝喝，俨如走入另一个纪元。但是在天桥板上的几十万烛火刺眼照耀下，提醒你是活在今天。

李翰祥的电影，大家有爱憎的自由。一致公认的是他对布置的考究是花了心血。并且，他对演员的要求很高也是不可否认。

现在拍的是西门庆在追问郓哥的那一场，前者由杨群扮演，后者是个陌生的年轻人。大家奇怪，为什么让一个龙虎武师来演这么重的文戏?

“开麦啦”一声大喊，头上双髻的小郓哥和西门庆的对白都很精彩。一精彩，节奏要吻合，有些词相对地难记，但是两人皆一遍就入脑，没有NG过。李导演满意地坐下：“这小孩在朱牧的戏里演的店小二，给我印象很深。我知道他能把这场戏演好，怎么样，我的眼光不错吧？”

成龙当了天王巨星以后，这段小插曲也跟着被人遗忘。

这次在西班牙拍外景，我们结了片缘，两人用的对白大多数时间是英语。

为什么？成龙从前一句也不会讲，后来去美国拍戏用现场同步收看，又要上电视宣传。恶补了几个月，已能派上用场。回来后，他为了不让它生锈，一有机会就讲。

他说："我和威利也尽可能用英语交谈。"

"我们两人都是南洋腔，你不要学坏了哟。"我笑着说。

"是呀！你们一个新加坡，一个马来西亚，算是过江龙，就叫你们做新马仔吧！"成龙幽了我们一默。

从故事的原意开始，成龙已参加。后来发展为大纲，分场、剧本、组织工作人员、看外景、拍摄，到现在进入尾声，已差不多半年。我们天天见面，认识也有一二。但是要写成龙不知如何下笔，数据太多，又挤不出文字，就把昨天到今晨一共十几小时里所发生的事记录一下。

我们租了郊外的一间大古堡拍戏。成龙已经赶了几日夜班，所以他今天不开车，让同事帮他开。坐在车上，我们一路闲聊。

"你还记得李翰祥导演的那部古装片吗？"我忽然想起。

他笑着回答："当然，大概是十年前的事了吧？那时候我也不明白李导演为什么会找我。杨群、胡锦、王莱姐都是戏骨子，我也不知道哪来的勇气，只好跟着拼命啰！"

"大家看了《A计划》后，都在谈那个由钟塔上掉下来的镜头。到底真实拍的时候有多高？"我问。

"五十几尺，一点也不假。"他说，"其实也没有什么了不起。我们拍之前用一个和我身体重量一样的假人，穿破一层一层的帐幕丢下去。试了一次又一次，完全是计算好的。不过等到正式拍的时候，由上面望下来还是怕得要死。"

成龙并没有因为他的成名而丧失了那份率直和坦白。

到达古堡时天还没有黑，只见整个花园都停满演职员的房车、大型巴士、发电机、化装车，灯光器材、道具、服装等等的货车，最少也有数十架。

当日天雨，满地泥泞，车子倒退前进都很不容易。阿坤在那群交通工具中穿插后，把车子停下，然后要掉转。

成龙摇摇头：“不，不。就停在这里好了。”

“为什么？”

阿坤不明白：“掉了头后收工时方便出去呀！”

“我们前面那辆是什么车？”成龙反问。

“摄影机车嘛！”阿坤回答。

成龙道：“现在外边下雨，水滴到灯泡会爆的，所以不能打灯。到了天黑，我们的车子对着它，万一助手要拿什么零件，可以帮他们用车头灯照照。”

阿坤和我都没有想到这一点，因为当时天还是亮着。

进入古堡的大厅，长桌上陈设着拍戏用的晚餐。整整的一只烤羊摆在中间，香喷喷的。饭盒还没有到，大家肚子咕咕叫但又不能去碰它。这就是电影。

镜头与镜头之间有打光的空档，成龙没有离开现场。无聊了，他用手指沾了白水在玻璃杯上磨。越磨越快，发出嗡嗡的声音，其他初见此景的同事也好奇地学他磨杯口，嗡嗡巨响传到远方。

叫他去休息一下，他说：“我做导演的时候不喜欢演员离开现场。现在我自己只当演员，想走也不好意思。”

宵夜来了，他和洪金宝、元彪几个师兄弟一面听相声一面挨干饭。听到惹笑处，倒在地上爬不起来。

天亮，光线由窗口透进来，已经是收工的时间，大伙拖着疲倦的身子收拾衣服。我向他说：“我开车跟着你的车。”

“跟得上吗？我开得好快哟，不如坐我的车吧。”他说。

他叫阿坤坐后面，自己开。车上还有同事火星。火星刚考到车牌，很喜欢开车，成龙常让他过瘾。但今早他宁愿让别人休息。

火星不肯睡，直望公路，成龙说："要转弯的时候踩一踩刹掣，又放开，又踩，这样车子自然会慢下来。要不然换三挡、二挡也可以拖它一拖。转弯绝对不能像你上次开那么快，记得啦！"

"学来干什么？"火星说。

"你知道我撞过多少次车吗？"成龙轻描淡写地说，"我只不过不要你重犯我的错误。"

成龙继续把许多开车的窍门说给火星听，火星一直点头。

"我们现在天时、地理、人和都在，所以我才讲这么多。有时我想说几句，又怕人家说我多嘴，还是不开口为妙。"最后他还是忍不住再来一句："开车最主要的是让坐在你车子的人对你有自信，他们才坐得舒服。其实做人、做什么事都是这一道理，你说是不是？"

洪金宝

契妈

和洪金宝认识至今，已忘记有多少年了。

最初合作是拍《福星高照》。东京的外景中需要些横街小巷，而我最熟悉的区域之一叫神乐区，是当年艺妓集中之地，还保留着江户年代的味道。正是导演洪金宝心目中的气势，一看就决定在那拍摄。

夜景工作人员打灯光需两三小时，我就把洪金宝带到一家我常去的小店吃饭。这家木造的建筑物有两层，上面宴客厅，没有十几个客人一齐吃饭就不开放。楼下有个寿司吧，最多可以挤满十个客人左右，通常也只坐八个人。

这家餐厅的女人从前是这一区著名的艺妓，老了变成肥婆一个。物业是她自己的吧。和女儿两人经营，算是赚一份人工，生活也相当快乐逍遥。

寿司吧最大的开销除了进货之外，就是站在柜台后面那个大师傅的人工。没有经验的人是不会切鱼生的，这还不是最大的功夫，和客人交谈吸引他们再来才是真功夫。后者那个胖女人自认有把握，做了那么多年应酬高官政要的艺妓，还对付不了几个食客？

但是切鱼生和饭团需长时间训练，怎么办？老板娘想出一个办法，那就是在筑地鱼市场买到什么，就原原本本推给客人吃。

像一盒海胆，也不必分了，干脆整个丢给你，你吃不完打包。八爪鱼也是买煮好的，像柚子那么大的一团扔在你面前。每一客算你多少钱，老早已经有的私房菜。

客人也觉新鲜，以前怕贵不太点菜，来这吃个过瘾多好！洪金宝这位大胃王更是对这家店一见钟情。

老板娘也对洪金宝一见钟情，因为日本胖的人不多。她一看洪金宝身型像认出亲人，决定结拜，成为洪金宝的契妈。

肿了三天

“你还有没有到契妈那去？”我问洪金宝。

拍了《福星高照》的外景之后，洪金宝还有很多机会去东京工作，时常到神乐那家小店吃东西，找他的日本契妈去。同时，契妈的女儿也长得亭亭玉立，身材和契妈一样胖，对契哥哥当然十分友善。

“已经好多年没去了，还开吗？我一直想去，后来找不到地址。”洪金宝说，“这次我们约好在九龙城的‘金宝’吃饭，目的是要请他来参观翌日开幕的‘虞公特展’，帮我做做宣传，大家叙旧。”

“我也好久没去了。”我说。食肆就是这样，去开了常到。不去一阵子，又因事忙，就忘记了那个地方。提起来回忆无穷。我向洪金宝说：“下次去东京一定替你看看。”

“不知道契妈怎么样了。”他嘘唏。

“不知道契妈怎么样了。”我替他嘘唏。

“你还煮东西吃吗？”转个话题他问。

“煮呀。”我说，“你呢？”

“当然。”他说。

煮菜是我们两人共同的喜好。在巴萨罗那拍《快餐车》时不是他做菜就是我做。后来从香港请了一个叫崔明贵的师傅到西班牙，我们才不入厨。

崔明贵我们一直叫他做崔老板，如今是正式的老板。经营“粗菜馆”，九龙开了两家，上海又开一家。

洪金宝和我在墨尔本拍戏，租了一栋屋子。两家人都有独立的厨房，更是每个晚上收工后做菜。我最爱说的故事也发生在那，现在又学老人家回放：

话说洪金宝没有辣椒，叫太太高丽虹来我这里借。我给了两颗最小但也最致命的Habanero，洪金宝看了以为我孤寒，将辣椒切丝后电话来了，他去听。听完顺道上洗手间，结果连肿三天。

传统

“最近忙些什么？”我问洪金宝。

“在大陆拍电视片集。”他说。

“好莱坞有许多机会，为什么不去？不做导演当武术指导，也比很多人强！”我真替洪金宝打抱不平。

“各有各做。”他开朗地笑了，“我在国内拍是有目的的。”

“什么目的？”我追问。

“现在两个儿子都长大，当了演员。”洪金宝摇头，“时间过得真快。”

“什么？在西班牙拍戏的那个小儿子已长大了？”我不相信。

“比我还高，我要捧他和天明。父子三人一齐拍。”洪金宝说。

这是中国人的传统，尤其在演戏界，一代传一代。洪金宝的祖母也是当年的红星。

“太太呢？”我问。

高丽虹长得不像中国人，是个西方大美人。但思想完全中国化，认定结了婚就应该做贤妻良母，她最爱看金庸先生的小说，一本读完又读一本，一遍读完又读一遍，中文造诣比其他女演员都高。

“她替我在美国打理小餐馆。”

“开在哪儿？”我问。

“在拉斯维加斯。”洪金宝说。

“怎么会想到去那开？”

“师父于占元带我们这群小孩到美国演出，有的回来，有的留在那儿。我在美国拍戏，有个人一直望我，我还以为是影迷。后来他跑来认我，我才知道是当年的师弟叫范关东。他那么多年来一直替别人打工当大厨，最后我们决定自己开一间。下次你去赌城替我试试菜。”洪金宝说。

洪金宝餐厅

我们一来到新泽西，是一面看外景，一面把成龙下一部戏的剧本度得尽量完善为止。

住的地方离开纽约约一小时车程。为什么不干脆住在纽约？理由很简单，导演洪金宝在这里买了一间屋子。

而洪金宝为什么会选上这地方？因为他的老友郑康业住在附近，洪导演的女儿在这里上学。两个家庭大家有个照应。

一行五人，两位编剧、副导、策划与我，本来租了酒店。但洪导演说方便大家聊至深夜，便搬进他的家。

三千英尺左右的居处，前后花园。整间屋子最吸引人的就是这个大厨房了。

餐桌在厨房的旁边。我们除了睡觉，一切活动完全围绕在厨房之中。

厨房一角是个大煤气炉，兼有焗炉和微波炉。所有餐具应有尽有，当然有各色的调味品，柴米油盐更是不在话下。公仔即食面每箱二十四包，一叠数箱。贮藏室中罐头食物数百罐。煲汤材料、清补凉、梅菜干、墨鱼干、南北杏、蜜枣、五香八角，数之不尽。

大冰箱被火腿、香肠、鸡蛋、牛奶、蔬菜塞满，冰格中有大块的急冻肉类，随时取出在微波炉解冻，即能煲出各种比阿二靓汤更靓的汤。

基本上，一天七餐是逃不了的。六点钟起来，先来咖啡面包；到九点正式早餐，有人吃奄姆列，有人下面，中西各凭爱好决定；中餐十二点，炒饭、炒河粉，加各色菜肴；四点钟吃下午茶，饼干、蛋糕、三明治和汉堡包；晚上七点正式晚餐，最为丰富，大鱼大肉；半夜十二点吃第一次宵夜；谈剧本谈至清晨三点，第二次宵夜；第二天六点，又是早餐，不断地恶性循环。间中有人疲倦了就去小睡，起来看见的又是一碗热腾的靓汤等着你。

由第一天住洪金宝导演家开始，已经吃得不能再动。从此我们每天喊着要吃清淡一点。

“好。”洪导演说，“今晚只吃水饺如何？”

大家举手同意。

但一到餐桌，发现除了那一百多个水饺，至少加了七八道菜：炖鸡汤、豆腐干炒芹菜辣椒、猪扒洋葱、炒西兰花、冬笋焖肉、蒸一条鱼、炒饭、蚝油菜心，等等。饭后的红豆沙冰淇淋、酒酿丸子……

看外景的那数天中，回家之前必定到附近的超级市场或唐人街菜市场进货，大小包裹几个人提着。分类之后把塑料空袋一数，至少四五十个。

剧本一天天地完成。

食物也一天天地增加。众人技痒，加入烹调队伍。洪太高丽虹中西餐都拿手。工作人员之中，厨技幼稚的炒蛋煎香肠。客串厨师的高手偶尔表演，化腐朽为神奇，简单材料煮炒得像满汉全席。晚上将要扔掉的西兰花梗切片，浸在蒜茸指天椒和鱼露之中，第二天便成为一道惹味的泡菜。

一边吃饭一边谈论香港的餐厅哪间最好？“但是我在台北吃到更好的。”有人说。这一来话题又扯得越来越广，全世界的食物都有一个故事。

在美国最浪费时间的是坐在车上，有什么比谈食物更容易打发。行车途中必商量明天吃什么，下一餐吃什么。利用这段空间把食谱设计、记录下来，看要买什么材料。一写就是数页纸，大家感叹：“写剧本的速度和效率有这么高就发达了。”

厨房和整间房子的清洁工作全交洪太处理。她除了洗烫各人的衣服之外，还将碗洗得一干二净，又拖厨房地板。真想不到这位大美人那么贤淑。

洪太是位混血儿，但比许多纯种的中国人更中国人。喜读金庸小说，为丈夫当英语翻译兼秘书工作，对我们这群恶客的照顾更是无微不至。金宝兄不知是何时修来的福气，娶到这位娇妻。最大奇迹是高小姐跟了洪金宝那么久，竟然不会和他一样肥胖。

洪导演是一位很孝顺父母的人，爱小孩，爱狗爱马匹，厨艺并不逊演技和导演功夫。我们吃他的菜吃得大喊救命时，他又来一道新的佳肴，我们忍不住又伸出筷子。听我们大赞之后，他的口头禅永远是：“你们还没有吃过我妈煮的饭菜呢。”

我们自从在西班牙拍《快餐车》至今已有十多年交情，当时在西班牙也是他从头煮到尾。摸清他的个性，唯一应付他的方法是带大量普洱，沏出浓如墨汁的茶。一天喝它数十杯，便不怕洪导演的食物攻击。

眼见其他人的脸都逐渐圆满，每人重出十来公斤，不禁窃笑。早叫他们喝茶，还是不听话去喝咖啡，加乳加糖，不增肥有鬼。

终于到了返港的前一个晚上，众人又再要求吃得简单。

“好，”洪导演说，“今晚只吃咖喱饭，如何？”大家举手同意，他又说：“买四只大波士顿龙虾，切来灼咖啡汁。头尾和壳用来熬豆腐芥菜汤……”

洪金宝餐厅又开始营业了。

曾江

七老八老

我那辈子的电影圈中人当红的不少，赚得盆满钵满。但因不善理财，老后生活清寒，甚为孤独。

例外的是曾江和焦姣这一对，两人都懂得什么叫满足。虽非大富大贵，但过着幸福的日子。

曾江是我第一次来香港时认识的。我由新加坡飞到香港，买了冬天衣服后才乘船到日本，抵达启德机场时由他来接机。当年他和第一任妻子蓝娣正在拍拖，而蓝娣的姐姐张莱莱又是家父好友，就请她们照顾我一下。

曾江长得是怎么一个样子？大家可由他拍的染发膏广告或粤语残片中看到。那广告没有合同，用了再用，一用几十年。他身边的两个女子已不年轻，以特技换了几次，曾江还是曾江。

最近和他们夫妇一块旅行。时间多了，聊了不少往事。他右边耳朵已不灵光了，左边用了助听器。说如果遇到合不来的人就干脆关掉，得一个清静。不过遇到我这个老朋友，什么都问，他也不得不回答。

是怎么和焦姣结婚的呢？焦姣人很斯文，也可以说是一位相当保守的女性。丈夫黄宗迅喜骑电单车，在一次车祸中死去，就一直守寡。曾江和蓝娣离婚后娶了专栏作家邓拱璧，她沉迷于粤剧。连他们女儿的名字也取为慕雪，就是仰慕白雪仙之意。两人爱好不同，终于离异，这时遇上焦姣，开始来往。曾江也爱骑电单车，载上她郊游。焦姣触景伤情想起亡夫，大哭一场。曾江怜香惜玉，从此答应照顾她一生。

蜜月在美国度过。租了辆车，从东岸开到西岸，一面唱着罗大佑的《恋曲一九九〇》。结婚至今已二十多年了。

“那你把余慕莲弄哭了，又是怎么一回事？”我问。

曾江笑道：“剧本要求她亲近我，但她介意。我说怕什么，亲就亲吧！结果她哭了出来，不关我事的。”

“又为什么被叫为躁狂症呢？”

“戏拍多了，知道有些错误的主张会走冤枉路。我一向有什么说什么，指了出来。没想到年轻人自尊心那么厉害，说我爱骂人。我也没办法呀。”他说。

“经验是钱不能买的。”

“是呀。”曾江说，“你知道啦，演员除了演技还要会找方位。这么一来，走到哪里镜头就可以跟到哪里，才不会有NG。周润发和我到好莱坞拍戏，把方位记得清清楚楚，导演一个镜头拍下，从不失败。那边的工作人员都惊奇得不得了。他们哪里知道我们都是已经拍过上百部戏的人。”

“你一早就加入好莱坞的演员工会，是吗？”

“唔。”他说，“在《血仍未冷》已加入。他们那边把电影当成重要的工业，有坚强的制度来保障演员。”

“是怎么收费的。”

“看收入，最多可以抽你百分之三十。”

“哗。”

“扣了就不必缴国家的税了，也算便宜呀。今后的账清清楚楚，卖了什么国家的版权，就交多少钱给你。这一点那一点，积少成多。我到现在每个月还有几百美金的收入，保障一生。当成买糖吃，也不少呀。”

“每一个演员都能参加吗？”

“要看你在电影里的戏份，他们会来邀请你参加的。拍〇〇七那部戏，出入英美都是头等机票，入住五星酒店，要吃什么就吃什么，牛扒龙虾尽尝。到了《艺伎回忆录》，福利最好。”

焦姣那方面，最初在台湾加入电影演员训练班，后来演出多部舞台剧。来了香港参加邵氏拍的《独臂刀》大家都有印象。她一直是位低调的演员，人缘很好。许多演员都得到她的照顾，至今还与他们联络。在海外的一来到香港一定找她。

“由少女演到母亲，是什么心态？”我问。

“为了片酬什么戏都接，没有什么感想。”她说，“我和萧芳芳同年，在《广岛》那部戏中已演她的妈妈，也没什么好说的。大家只是说我演得好就够了。”

我和焦姣聊个不停。问当年我们共同认识的女明星近况，她都能如数家珍，是一位电影圈历史专家。有人要找资料，问她没错。

近年来曾江还不停地工作，焦姣也偶尔演舞台剧。两人生活方式独立。曾江喜欢电单车的热诚不减，去年在台湾参加了环岛老骑士，开着哈利把台湾走了一圈。

偶尔他们到九龙城街市买菜，我们相约在三楼的熟食档吃早餐。曾江还是大鱼大肉，焦姣就吃得清淡，饭后他到木球会打木球，她打打麻将，是位台湾牌高手，很少人能赢到她的钱。

两人有时也为了健康问题吵一吵，但最后曾江还是屈服。他偷偷地向我说：“幸亏有她。的确是位好太太。”

二〇一三年，曾江快要过八十大寿，焦姣也有七十了。七老八老，在别的夫妻身上看得到。但他们两人，永远年轻。

曾江八十大寿记

不知不觉，香港人看了几十年的黑发膏广告中的曾江兄，以为永远不老，但也八十了。

今晚由他太太焦姣安排，在九龙塘业主会摆了一席。前来的都是一开口就是四五十年往事的好友，有我们最尊敬的王莱姐、远道而来的江青、在国内工作特地赶回来的郑佩佩、邵氏共事过的秦萍和张燕、在香港拍剧的岳华。另有位不速之客——邻桌吃饭的徐小凤也过来凑热闹。

我拿了筷子当麦克风访问曾江，八十了有什么感想?

“不觉得，我不觉得自己是八十。”曾江说，“我不接受。”

精力充沛的他在大陆还有很多电视剧请他拍。但他还是念家，每次只肯去个五六天，就要回香港吃焦姣为他做的饭。最近，内地有个买了韩国版权的电视旅游节目叫《花样爷爷》的，还请了曾江、秦汉、雷恪生和演《三毛流浪记》的童星牛犇一齐到法国和瑞士去，叫了当红的刘烨服侍他们三位老人家，给他们呼呼喝喝，好不威风。

八十岁的曾江还能迷倒不少女性，她们都羡慕得不得了，向焦姣说：“你真好彩，有这么一位好丈夫。”

“你们嫁他试试看！”焦姣放箭。

的确，曾江并不容易相处。这是因为他年轻时在外国念书，一副鬼仔个性，想到什么说什么，听到不愉快事就要开口攻击。好在目前的听觉已逐渐退化，想听的话才听，不想听的一律扮聋。

和王莱姐的缘分来自曾江的第一部电影，叫《同林鸟》，是一部东方的罗密欧和朱丽叶。曾江拍完了戏就去美国读工程设计了。

在邵氏年代，王莱姐和我最谈得来。我这个小伙子最喜欢听她说故事、讲故人。在我的印象中，她是一位永远贤淑、高贵的妇女。后来移民外国，近年才回来香港。起居有印度尼西亚家政助理照顾，生活得颇悠闲，住香港就有这么一个好处——可以请到工人。这是在国外得不到的福利。

江青和郑佩佩两人的感情最好，但个性完全不一样。我佩服江青，是她已嫁人生子后婚姻并不圆满，她可以毅然放下一切。一分钱也没有，就到外国去追求她的舞蹈生涯，编导过无数得奖的舞蹈作品，颇受外国演艺圈的重视。也接受了得过诺贝尔奖的瑞典籍先生的追求，遂定居该地，在纽约和斯德哥尔摩两地来往。

江青的先生过世时，好友郑佩佩特地飞了过去，为往生者诵经。佩佩近年得佛教熏陶，除了致力于培养儿女的艺术事业之外，也为佛教做了不少功德。

演艺圈都记得郑佩佩的女侠形象。先是李安请她在《卧虎藏龙》中复出，跟着有无数的电视片集都请她。年轻的武术指导要求佩佩吊威亚飞来飞去，说：“佩佩姐，你行的！”

佩佩也忘记了自己年过六旬，点点头就上去了。结果钢丝断掉，令她摔断脚骨，夹着拐杖半年才恢复。说起这件事，我们这些老友都为她心痛。她自己却若无其事，笑盈盈地继续去拍她的武打戏。

答应过佩佩为她写《心经》。我最近对草书的兴趣大作，每天勤练。记得书法老师冯康侯先生说过，草书最难写得好。大家以为那么潦草，写起来一定很快，其实最慢。要注意着墨，每写数字，必得意在笔先。心里有数，知道什么地方写到墨枯了。

我会记住，等到书法更熟练时才用草书为佩佩写一篇。

江青当今到处旅行，和好友去纽澳狂欢，也在翡冷翠住上几个月。我们谈起广场中那档卖牛杂的，大家口水都流出来。和江青可以聊上几天几夜都不疲倦，艺术生涯中她结识了数不完的杰出人物，这都在她的书《影坛拾片》和《故人故事》两本书中出现，很值得一读。书店上难于找到，可以在网上订购。

岳华还是大醉侠一名，早年移民加拿大。最心疼的女儿嘟宝已经嫁人，定居于美国迈阿密，每天还是要通一两个电话。太太恬妮今晚去做义工，没来。她也信奉佛教，非常热心。

近来岳华回流，在TVB拍不少片集。前几年身体还是胖的。最近注重健康，消瘦了许多，人也年轻起来。拍的广告大头在过海时常见，是卖假发的。

想起四十年前，我们各做了一件长袍，一齐到尼泊尔旅行。引致当地反华团体包围住，这些人眼露敌意，令人害怕。我们都说自己是日本人，逃之夭夭。

秦萍和张燕当年还是邵氏新星，加上邢慧三人一起被派到东宝歌舞团往日本留学。我是邵氏日本公司代表，公司要我照顾，但没做到。秦萍的儿子过几天就要娶媳妇，张燕也是富家少奶奶。只有邢慧命最苦，在美国神经错乱，把她母亲的头颅砍下抱回家里。坐了几年牢后放出，终客死异乡。

徐小凤的样子一点也不变。正与工作人员开会，准备在大陆开演唱会。问说是用国语唱还是粤语唱，她说一半一半吧。

当晚大家聊得高兴，酒也喝了不少。我又拿起筷子扮记者访问曾江和焦姣：“你们结婚多少年了？”

“十几年。”曾江回答。

“哪止？二十几年了。”焦姣说。

曾江笑道：“说十几，才显得你更年轻嘛。”

对的。真好彩，有这么一个好丈夫。

诸友

胡金铨

又一位朋友离我而去。

记得家父常说：“老友是古董瓷器，打烂一件不见一件。”

家中挂着一幅胡金铨的画，描写北京街头烧饼油条小贩的辛勤。他没有正式上过美术课，其实他也没有正式上过任何课，但样样精通。英文也是自修；画，是在摄影棚中随手捡来的手艺之一。

金铨电影的画面常有宋人山水的意境，如花似雾地引出渺小的路人。或许是书生，也许是大侠。每一幅都是用镜头画上去的佳作。

因为当年政治因素并不允许他到大陆拍外景，他只有利用中国台湾或韩国的峻岭来重现。山水画中，云朵的位置十分重要。他叫了大批工作人员去放烟。小小的发烟筒不够用，当地制作环境又恶劣。胡金铨跑到农夫家里，把他的杀虫喷雾机买了下来，看准风向制造烟雾，构图完美。

土法炼钢占了他的作品中极大的部分。在他不断地要求下，武侠电影才有了真实感。

《大醉侠》之前，男女主角用的刀剑都以木条包锡箔充数。胡金铨叫道具找了钢片，锯出剑形。打磨之后那把剑舞了起来，霍霍生风，微微颤抖。这才有了中国电影中第一把像剑的“剑”。

胡金铨对元朝有特别钟爱，所以对服饰也有很深的研究，重要的是穿在人物身上。他要求是一件平时也可以穿的衣服，绝非唱大戏中的服装。在他的作品中，单单欣赏这一点已有满足感。

至于发饰，胡金铨深恶戴起来额前还有一道胶水痕的假发。他宁愿利用演员的真发再加上假髻来造型。胡金铨之后，港台两地制作了不少古装武侠片，但没有一部有时代考据。片中的男女主角还是很退步的，在额前有一道胶水痕，至今如此。

因对细节的要求而影响电影拍摄的进度，胡金铨一拍就是一年。这在以三十天制作一部的电影黄金时代来说，是件不可饶恕的事。因此胡金铨拍电影时谣言四飞。

为了求证，我问过他："人家说你搭外景石阶，要洒水等它长出青苔才拍。有没有这一回事？"

胡金铨哈哈大笑："要看起来长满青苔还不容易？只要把木屑浸湿，加绿色染料，一把一把打向石阶，谁也看不出是真是假。"

"那么大厅中的圆柱呢？人家说要砍一棵那么大的树干，你才收货。"

胡金铨再次大笑："中间空的，用木头包起来漆红的柱子，的确不像样子。我的方法是拿喷火筒来将木头表面烧焦，再用砂纸一磨，木纹不就都显出来了吗？"

拍《侠女》时进度慢，按我所知，也不全是他的责任。制片厂想搭一条永久性的街道，留着以后所有古装片用，也是原因之一。胡金铨花了毕生精力，一砖一瓦地设计。期间他并没有领取美术指导的费用。

此片用的电影技巧令资深的外国电影工作者惊讶："女主角

徐枫在奔跑的那个镜头，摄影机跟得那么长、那么久，怎样把焦点对得那么准？”

问他窍门，胡金铨轻描淡写地说：“我用一条长绳，一头绑在摄影师的腰部，另一头绑在徐枫的腰部。叫她绕着圆圈跑，焦点怎么会不准呢？”

闲时胡金铨便读书，他属于过目不忘的那种人。金庸、倪匡都是。他们一谈《三国》，什么人的名字、穿什么衣服、说过什么话，都能一一背出。

这种人身边有许多朋友，但他们都渴望和水平相同的人谈话。讲些什么一提即通，但并非每天都有这种机会，所以相当的寂寞。

胡金铨的北京情结不止于他送我的那幅画。他敬仰熟悉北京的作者老舍，曾经到世界各个图书馆找录数据，要为老舍作一传记。虽然他也出版过一本研究老舍的书，但他本人并不满意，说只能当成一篇序罢了。

晚年他独居洛杉矶，没有工作，生活费怎样来的？老友们都打趣说他的收入来路不明。这当然是笑话。

胡金铨的起居简单，近年又有本港一家周刊的散文稿费支持，听说数目不菲。这点要感谢他们。

有位少女仰慕他的才华，一直跟着他在美国居住。我们这群朋友听了也老怀欢慰。

这么一位有学问的导演，在外国已是人间国宝。他在得不到任何援助之下，还是不放弃地筹备着一部美国华工史诗，做了很多资料搜集。这部片的题名叫*I Go, Oh No!*，在美国的确有两个I Go和Oh No的市镇，他都走过。希望接班的电影人记住胡金铨，别让我们看到男女主角的额上有道胶水痕。

胡金铨擦脸的动作与一般人不同。他是左手握着酒杯，右手抚着额头，一二三地从上到下“唰”的一声擦下。然后瞪着他那两只大眼睛，笑嘻嘻地望着你。记忆犹新。

导演，安息吧。您在中国电影历史上已留名，每一个人都有达不到的愿望，您已得七八成。可以放下一切，往生西方，早成佛道。

大岛渚

一九八三年，香港金像奖请大岛渚为嘉宾，我当翻译。

到了机场，记者们只收到一份主办当局对此届金像奖的新闻稿，而对特别请来的国际闻名导演没有一点资料。我即刻将我所知的关于大岛渚的过去作品与未来计划详细地向大家报告。

大岛抵达后进入记者室，我将问题一一翻译。至少可以说还是词能达意。记者们和大岛渚有了沟通。

随即亚洲电视有一个访问节目，什么名字我忘记了。他们要我帮忙，这是没有打在预算之内的。我也当成额外花红，欣然答应。

编导对大岛的背景很熟悉，问题又有重点，我们很快地做完这个节目。往酒店旅途的车中，大岛告诉我："这年轻人的发问知识很高，我感到高兴。希望能够和他多谈。"

酒店的会议室里，舒琪、金炳兴、黎杰、加思雅、徐克、刘成汉、李焯桃等包围着大岛，讨论了许多创作过程和导演们共有的难题，气氛融洽。

电梯里，大岛说："你看香港的电影人多年轻，我很嫉妒。但是，也可以说我很羡慕他们。"再赶到会堂，我们要到现场看一看，但被引入贵宾室的鸡尾酒会。大岛和我皆好杯中物，虽然只有水果酒。口渴了半天，也已垂涎。正要冲上前牛饮，即有人拉我们去彩排。

我即刻向大岛很严肃地说：“工作要紧。”

日本人这句话最听得进去。大岛马上大点其头，“嗨嗨”有声。

大岛紧张地问：“编导要我做什么？”我说：“工作人员自然会告诉我们，请你不用急。”

被带到后台，貌美可亲的一位小姐把程序说明，又叫大岛等门一开就走下去。

看到那倾斜度很高的塑料阶梯，大岛心里发毛。转头对着我：“是不是大丈夫？是不是大丈夫？”

大丈夫的日文意思和中国话差得远，翻译为：“不要紧吧，不要紧吧？”

我说：“当然大丈夫。我们拍外景什么山都爬过，这点小意思。大丈夫。”

大岛觉得有理，又大点其头，“嗨嗨”有声。

工作人员叫我们看着指导荧光屏，出现什么片段，就叫出提名者是什么公司出品。大岛说中国片名读不出，又没有看过大部分的片子，嘱我喊提名，我一想也有理，但坚持他要读出得奖者。

他说：“我不知道是哪一部得奖。到时看了三四个汉字，也很难念。”

“讲英语好了，看到第一个字是投，就用英语叫BOAT PEOPLE。”我说。“你怎么知道一定是它？”大岛问。

“这部片不得奖天公就没有眼睛。相信我，我的猜测不会有差错。”我回答说，“不然就赌五块。”

大岛心算五块钱港币还不到两百日元，便懒得睬我。

老友倪匡和黄霑相继来到。又有美女钟楚红助阵，相谈甚欢。大岛神态安详，是我所见过的最有风度的日本导演之一。

第一个出场的是陈立品。我把她的功绩说明，大岛渚很赞赏大会的安排，认为是品位很高，大力鼓掌。

慢慢地，他开始打哈欠。正担心如何提高他的兴致的时候，忽然一阵香味传来。

追索来源，原来是坐在我们后一排的倪匡兄打开他的私货三号白兰地，正在猛饮。

我向他瞪了一眼，倪匡兄只好慷慨地把瓶子递过来。我也识趣，只饮一小口，然后向大岛示意。

道貌岸然的大岛一手将瓶子抢过去，大口吞下，速度惊人。

倪匡兄看了大笑，要我翻译道："喝酒的人必是好人。"

大岛即又点头"嗨嗨"。

跟着看了一会儿，大岛的眼皮开始有一点重了。他转过头去，不管倪匡兄会不会日语，说："我上一部戏《圣诞快乐，罗伦斯先生》的编剧也好此道。我们两人一早工作，桌上一定摆一瓶酒。到了傍晚，大家都笑个不停。我相信到香港来写剧本的时候，一定会和你合作愉快。"

我把他的话翻给倪匡兄听，他也学大岛点头"嗨嗨"不迭。

轮到我们上台，在等门打开的时候，我建议："不如你把要讲的话说一遍，让我们先对一对好不好？"

"好。我说这是第二次来香港，亲眼看到了香港的繁荣。香港电影的工作者都很年轻，我看到一股强烈的朝气，愿这金像奖带给大家更多的鼓励。"

我自己在脑里翻译一遍，点头"嗨嗨"。

出场后，大岛一开口，全不照着来，尤其后来他看到果然是

《投奔怒海》，大为兴奋。直赞许鞍华，给我个措手不及。

好家伙，既来之，则安之，我也兵来将挡地乱翻译一番。好在没有大错，得个功德圆满。

散场后，主办人安排我们去高级餐馆吃饭，由李焯桃兄陪伴。

我们抵达时还能够在电视上看到颁奖典礼的最后一段。大岛说：“噢，原来不是直播，时间比现场慢。这样太好了，编导有充分的时间将闷场的地方剪去。我们日本的电视节目很少有这种机会，都是现场立刻转播。”

同桌的有许鞍华、徐克、施南生、岑建勋和刘天兰以及两位的记者。

施南生坐在大岛的旁边，大家都知道她幽默感强，是位开心果。

不出所料，引得大岛一直哈哈大笑。

我心想你等会儿试试施南生的酒量，才知道她更是女人中的女人。

果然，施小姐开始她的猛烈攻击，不停地敬酒。但是大岛一杯又一杯，点头“嗨嗨”，没有醉意。

有人问大岛是不是头一趟来香港，他开怀地说：“第二次了。一九六五年来过，当时计划去越南拍一部纪录片，只能在香港等签证，住了一个礼拜。战争正如火如荼，不知道去了有没有命回来，就先大享受一番，每晚在酒店中锯牛扒。”

我们都不相信：“哪只有锯牛扒那么简单？”

大岛又畅笑。

饭局完毕，直驱荷里活东的的士高。

主办者在那儿开派对欢迎我们。大岛初尝特奇拉拍子酒，感到很有兴趣，喝了多杯。

当晚，大岛很清醒地说要早走，我送他到旅馆。

他再三地道谢。向我说：“蔡澜，以后你在日本颁奖由我来做翻译。”我们大乐而别。

吴宇森

吴宇森这位老友也免不了中年的发福，整个人大了一号。

“在好莱坞的确不同，是有分量的了。”我们三人打趣。

吴宇森一身深蓝。是他喜欢的颜色，蓝到近于黑才过瘾。他毫不介意我们的笑谑。

“你现在美国拍戏，到底一部片可以拿多少钱嘛？”三人大逼供。

吴宇森笑而不答。

我们说：“一个做到五百万美金的电影人，真正进入口袋的有多少呢？”

吴宇森屈指：“先经理人公司扣一些，律师扣一些，工会扣一些，政府扣一大牛的税。你们说剩下多少，自己算。”

“工作压力大吗？”

“好莱坞有个叫现场监制的职位。他把预算和导演商量好了之后，导演一定要按照它去拍。一场戏中超出了一天，他有权力叫导演走开一边，自己来拍或者叫别的导演来拍，在下一场戏省一天。总之以钱为主。所以你们常看到水准参差不齐的电影，就是预算超出的结果。但是这要看导演本身有没有料，能说服电影公司的话，预算超出他们还是照给。所以片子愈拍愈好，愈好就愈有地位。”

“剪接的权力呢？”我们追问。

“属于电影公司。”吴宇森说，“如果被尊重的导演拍出来的东西还是过长，公司会向他建议剪这个剪那个。要是小角色的话，剪了才告诉你。”

“怎么由小角色变成大人物呢？”我们最想知道。

“好莱坞是个很爱才的地方。一部一部地证明是卖座的，就能立足。”他解释，“没有其他方法。”

论李安

终于在戏院中看了*LIFE OF PI*，中文名译为《少年派的奇幻漂流》，并不讨好。

没有让观众失望。虽然后座的小孩一直向父母投诉看不懂，它不是一部儿童电影。只留给他们一个印象，长大后重看才明白。

有些人喜欢拿原著比较，批评少了讨论宗教的部分，深度不够。对好莱坞制片家们来说，已经着墨太多，而不耐烦了。我倒觉得恰到好处，说明了这个内心纯洁、对世界充满了爱的少年已经足够。

反而书中描述不出的，有如倒映在镜面大海的晚霞，飞鱼群、鲸鱼、老虎和海岛那种真实又半梦半醒之间的形象，丰富了故事的内容。立体电影可以这么拍的，占士金马伦也想象不到。

通常在制作和导演之间的立场是对立的。好莱坞当然会要求李安把法国厨子吃人的情节也拍进去，这种惊骇的画面始终能卖多几个钱。相信李安最初也屈服，所以用了法国巨星GERARD DEPARDIEU来拍。最后还是被导演剪掉了。在李安慈悲的胸怀之中，以对白来交代，已经是容忍的极限了。

戏拍完后，导演总得根据合约，到各国去做宣传。李安最多被传媒问的，应该是电影的主题吧。他回答说："我们怀疑所有美好的，又拒绝承认现实的残酷。”

这也是小说的主题。它给我们两个版本，挑战读者去选好一个答案，最显然不过了。相信这也是吸引李安去拍这部电影的主要原因。

那只老虎代表了什么？李安说这不好说，最后还是说了。那是一种恐惧感，让自己提高警觉的心态。心理状态是生存跟求知、学习最好的状况。如果害怕了，自己也懒惰算了，就很容易陈腐，很容易被淘汰的。

在李安的电影生涯中，他不断地在这种心态中挣扎。拍出不同的电影，有时得奖，有时也被这只老虎咬伤。像拍《变形侠医》时，他一不小心，想走出漫画的框框，研究人物的心理状态。漫画就是漫画嘛，研究来干什么？

从前的导演，知识分子居多。当今的，就是缺少了书生的气质。有了读书人的底子，就能把文字化为第一等的形象出来。任何题材都能拍，都能去挑战，创造出经典来。李安是目前少有的一个知识分子，我们可以在《理智与感情》中看出他的文学修养已经跨越了国籍，英国人也不一定拍得出那么英国的电影来。

这当然要有很强的基础。从父亲三部曲中建立起来，在拍《饮食男女》时已超越了国界，故事和手法皆受国际观众接受与赞赏。后来外国导演还用这个故事拍为其他版本。

在拍《卧虎藏龙》时，他的武侠片中的招数都是合情合理，稳稳当当，才不会被国际观众当为天方夜谭。这才是成为一个国际性导演的基本条件。

但是到了好莱坞，就得玩制片家的游戏。什么超出预算的保险，什么不能乱改剧本的限制等等。《冰风暴》和《与魔鬼共舞》应该是牺牲品。只有在夹缝中求生存，和老虎格斗一样，最后在《断背山》中取得胜利。

有位心理学家说，男人身上总存有一点点的同性恋倾向。李安有没有大家不知道，不过在这一方面，他应该是熟悉的，从《喜宴》一片中可以看出端倪，在《断背山》更是发扬光大了。

可以说的是他对异性恋的认识也不深。拍《色·戒》时，他说拍得很辛苦。对一个喜欢女人的男人，怎会说这种话呢？其实，连女人的身体构造他都没有研究清楚。

不知道李安的下一部戏会选什么题材，总之非常之期待。一个人的个性对他的作品是有很大影响的。李安很温文尔雅，许多文学巨著弄到他手上，都会有更深一层的演绎吧？他说过，以他目前的地位，再拍多十多二十年烂片也有人肯出钱。当然他不会那么做，他的选择很多：战争片、科幻片、恐怖片等等。

会不会拍喜剧呢？他不像一个放得下的人。也许会有他轻松的一面，拍一部让观众笑一笑吧？也应该是时候了，总不必一直和老虎搏斗下去吧。

也许宗教电影也可以考虑。拍一部《释迦》如何？

狄龙兄

这次邀请了狄龙夫妇和他们的公子来土耳其玩。

“什么？”有些朋友说，“他是大侠呀。要是到时一大番道理，问你怎么收科[①]！”

我才不管。狄龙和我在邵氏时代认识，也监制过他几部电影，大家谈得来。无论其他人怎么说，狄龙都是我心中的朋友。

小狄龙谭俊彦已经十七岁，加拿大的高中毕业。刚要考大学，已长得和父亲一样高大。狄龙太太陶敏明一点也不老，和儿子站在一起好像姐弟。

电视节目摄影组的工作人员，在狄龙和我心目中都是娃娃。他们也相当敬畏狄龙兄。不过一方面，大家都在担心：万一他什么话都不说，怎生是好？工作人员不断地担心，又不敢向我提起。

好，开镜了。配合了欧阳震华兄、伍咏薇小姐、狄龙哥、他的公子和我，一共五个人，在同张餐桌后出现。

节目中常有的是有汽的红酒，为澳洲才能找到的佳酿。喝酒时用的是人手制造的水晶杯，也是由香港带来。

桌上一共放了四个大杯，供我们四个大人喝。另外一个小杯

---

① 粤语，‘收场’的意思

选了可乐，给小狄龙兄。他未满十八，不能喝酒。

“他要是一声不出，那么节目怎么做下去？”其他人又恐又忧虑。

“有蔡澜在，不要紧。”很多人望着我，以为我有什么秘诀。

我耸耸肩，做绝对不负责任状。

摄影机一动，狄龙一句话不说，伸手过去拿了儿子的可乐来喝。欧阳震华、伍咏薇和我都呆住了，怎么不拿酒呢？

原来这就是一场表演的开始。狄龙兄一出手就是戏，大家服了他。

雪山外景记

——记王羽

三十多年前，我被邵逸夫先生派去东京当邵氏兄弟分公司的经理。主要工作是购买一些像《盲侠》一类的卖座日本片，拿去东南亚放映。

香港当年也没有彩色冲印公司，拍的多数是黑白片。彩色要在东洋视像所处理，印出来的每一个拷贝由我检查过才寄出。一部电影要看数十次，也可从中学习。

另外，如果有片子来日本拍外景，制片工作由我负责。我也在日本监制一些低成本的香港片。

闲时，我在斗室之中种盆小花。又养了一笼金丝雀，独身生活愉快。

一天，我忽然接到了一封比电报Telegram更快的Telex。当时的制片经理邹文怀先生说：你去汉城，十万火急，即刻动身。

一月，天寒地冻。我乘的士到羽田，买了票，傍晚抵达韩国。

王羽在机场接我，大叫：“你来了，这可好了。”

“到底是怎么一回事？”我问。

“我来这里拍《龙虎门》的最后一场雪山决斗的戏。”王羽说，“他妈的罗维介绍了一个他的亲戚金太太给我当制片，什么都不懂，搞得事情一团糟。只有叫公司马上调你来，有了你我就放心。”

我们在《金燕子》一片的日本外景时相识，他对我的制片能力似乎颇为欣赏。

“你要求什么就给你什么，金太太做得来吧？”我说。

王羽愈讲愈气：“我说要一个高台，你知道她给我什么吗？”

高台是用来摆摄影机的架子，由几条铁管拼起来，上面放一片轻便的木板。搭和拆都很简单。

“他妈的，她叫工人用大木头钉出一个搬起来像几十个棺材那么重！”王羽骂，“其他的东西可想而知。”

“你们住什么酒店？”我问。

“半岛。”他说。

哇，这是当年汉城最好的，位于明洞附近，相当于东京银座的高级区，价钱不菲。我们拍电影的，一切以节约为原则，怎么住得起那么贵的地方？必先解决这个问题。

“是金太太安排的？”我问。

“唔。”玉羽说，“金太太在半岛楼下开了一家中国餐厅，说我们去吃可打折扣。”

到了酒店，演大反派的罗烈出来相迎。他的两个打手分别由王钟和陈星扮演，副导是吴思远。他们后来都成为独当一面的人物。

进房即刻打电话给申相玉。

申相玉的制片公司就像当年的邵氏兄弟，器材、工作人员和片厂齐备。我们在亚洲影展时相识。申相玉留学日本，操一口流利日语，热爱电影。与我有共同的语言，成为老友。来东京时，最喜欢和我去泡小店吃东西。我把吴思远交给我的导演单一一向申相玉说。

“没有问题。”申相玉说，“一切包在我身上，你什么时候要？”

“电影圈里面的事，还有问什么时候要的吗？”我说，“当然明天就要。”

“好，我帮你赶出来。”申相玉说，“明天可能没那么完善。你们先有什么拍什么，再有个二十四小时，你要天上的月亮也帮你拿下来。”

“你明天可以开工了。”我向王羽说。

王羽大喜：“那么快？”

我说：“那么快。”

众人纷纷外出。我躲在房内把剧本刨了又刨，至少要知道发生了什么事。但主要解决的是酒店。一大群人住下去，又吃又喝，预算怎么控制？

这是王羽第一部当导演的片子。他拍了《独臂刀》后大红大紫，呼风唤雨。和公司闹别扭之后，做了导演。现在好酒店一住，要叫他搬出去，又会闹脾气吧。

好在我负责的是最后这场戏的外景，其他的在邵氏片厂拍完。一切摸清楚了，已到黎明。

一阵浓烟由房门缝中流进来。

冲出走廊，已看到房客惊慌逃避，果然是场大火。我把服务员一把抓住，从他身上搜出百宝锁匙。依照工作人员和演员的名单一间间打开房门，连他们身边的裸女也叫醒逃命。

“护照之外什么都不要！”我命令。

熊熊大火一层层烧下。我们逃到对面街，帮助救火员用干稻草烧火。

烧的是街边的水龙头。因为大雪结了冰，水流不出。只见对面酒店塌下，火势不可收拾。

真是天助我也。贵租的问题解决，我们可以搬到香港外景常住的一间又舒服又便宜的旅馆，叫“Lion's Hotel”。相信老一辈的电影人都记得。我宣布休息一天。众人大喜，购物去也。

汉城东大门的市场中什么都有，食品更是齐全。柴米油盐，一大包一大包的面粉堆积如山。农产品便宜得很，最贵的是外国进口的衣类。

我不惜工本买了一件美国空军的大衣，尼龙布料当然防水。还有一个头罩，罩边有皮草，能挡雪飘进眼。我问店员是什么貂皮？他回答说是狼狗的尾巴毛。

这件大衣后来陪伴了我不少的冬天，至今怀念。

翌日，阳光普照，我们的外景工作开始了。所谓的“雪山”不过是汉城公园里的一个小山丘。厂景一接，好像是在大岭之巅。

山丘布满几寸厚的大雪，工作顺利进行。申相玉派来的是一组精兵，衣着平凡，干起活来不休不眠。一万烛火的大灯罩抬来抬去，绝不叫辛苦。

“就快过年了。”王羽说，“你知道啦，中国人过年大过天。我们一定要在过农历年之前把戏赶完，不然不止怨声载道，过年的补工费算起来也不得了。”

我心里也焦虑，但不可动声色。若无其事向大家说：“拍得完，一定拍得完。”

看外景已无事，叫司机又把我拉到南大门市场，找到全韩国最好的金渍。这种泡菜韩国人不可一日无此君。也不是白菜泡辣椒粉那么简单，高级的在白菜瓣中夹了松子、鱼肠和雪梨丝。松子香，鱼肠惹味，雪梨增甜。韩国人还把泡好的泡菜一团团塞进一个大梨中，再泡几个月才拿出来吃，是极品。

午饭韩国工作人员皆大欢喜。导演王羽全身是劲，休息时找副导吴思远来玩。大家伸出双掌，你推我我推你，看谁跌倒。两人玩得兴起，王羽大力一发，吴思远栽葫芦打了几个滚。雪地柔软，本来不会有事。但看到血迹斑斑，像数十朵梅花。原来他的眼镜框折断，尖片割破了眼角，好在没伤到眼睛。

飞车到医院，老医生都会说日语，翻译由我负责。缝了几针，医生说无大碍。

戏院中放映的多数是港产片，《独臂刀》打破卖座纪录。跟王羽走在街上，众女尖叫“unppari！”，韩语即独臂的意思。文艺片也卖得好。何梦华先生导演的《珊珊》，韩文名叫成苏珊娜。不知哭湿了多少少女的手巾。“邵氏出品，必属佳品。”

外景一天天顺利拍摄，除了一些小插曲。

已到尾声，最大反派出场和男主角决一生死的关头到了。这个镜头是罗烈做好架势大叫一声，向男主角冲来，一脚飞去。

前半部罗烈做得很好。大叫一声之后，冲过来时忽然双脚一软，跪在雪上。

NG了几次，后来连大叫一声的气力也没有了。王羽只好转拍其他镜头，吩咐工作人员今晚陪罗烈打牌，不准外出。

离过年只有三天了。我们只剩下几个重要的镜头，无论如何两日内一定拍完。

但是到了现场，我们傻掉了。小山丘充满绿茵，天气转暖，大雪全部溶化。雪山再也不是雪山。

“怎么办？怎么办？”这是大家都发问的问题。

申相玉再大本领，也不能叫天下雪呀！连韩国工作人员也替我们焦虑。

“先拍些没带到地上的脸部特写吧。”我说。

玉羽摇头叹气，说：“没用，没用。”

火灾一场，天助我也。雪没了，天亡我也。没话说。

收工时，王羽跺脚：“只剩下明天最后一天了。没有雪，如何是好？”

我忽然想起南大门市场，向他保证：“明天一定有雪，放心好了。”

又打了电话给申相玉，要他派出几辆大货车，和搬运工人一队，浩浩荡荡来到南大门，把所有杂货店的面粉完全收购。漏夜，我们得到汉城市政局通行证，赶到外景地，把整个山丘用面粉铺成雪白。

如果邵氏出版《龙虎门》的光盘，你会看到这场戏拍得天衣无缝，绝对不知道地上的白雪是面粉。

大家欢天喜地回家过年，我也收拾了行李单身折返东京。日本人过的是新历年，这一天没有一点气氛。只发现花草已枯，鸟死亡。明白自己有工作不管其他的个性，从此不做我照顾不到的事，也解释了为什么至今没有子女的原因。

谈论摄影

——给周润发的一封信

润发老弟：

报纸周刊上报道你对硬照摄影很感兴趣，但从不见到你的作品。今天，到“Hair Culture Cafe”吃中饭，老板Billy介绍说墙上有一幅你拍的照片，是个瑞士钟，只剪取了一部分。构图优美，光暗调和。看得出你有一对尖锐的眼睛，很有天分做一个好的摄影工作者，勉之勉之。

我也喜欢硬照摄影，但看的比拍的多，自然眼高手低。我的书法老师冯康侯先生说过：“眼高至少好过眼不高。”我只能用一个业余爱好者的身份和你分享我学习摄影的经验。你我都忙，见面时间少，还是写一封信给你吧！

从十五岁开始，借了父亲的ROLLIFLEX双镜头反光机到处乱拍，自己冲洗菲林，然后在黑房中放大。

记得那台放大机拉得多高也不够我要的尺寸，最后要把镜头打横放映。照片纸贴在墙上，感光过后用布浸湿显像液涂之。看见那一幅幅的形象出现在眼前，感到无限的欢乐。

所以说，拍照只是一个前奏，冲印才是真正的做爱。

当今的摄影爱好者都不显像和放大了。黑白还容易自己动手。搞到彩色，则非托专业黑房人员处理不可。我要说的是即使不亲力亲为，也要站在旁边看一幅心爱的照片的诞生，才算完美。

任何一种艺术都要先利其器。我认为，拥有各种摄影机和镜头不如先选一个机身、一个镜头。摸熟之后，成为身体的一部分，好过拈花惹草。

我的首选是Leica M3，加上一个90mm TESSAR镜头。我认为这两种东西的配搭是天衣无缝的。徕卡的对焦不易，但久了就能控制。而那个镜头，我曾经用来拍老虎，每一根胡须都清清楚楚。

一般人拍完后交给冲印公司，只洗些明信片大小的照片。那么买名贵相机干什么？任何傻瓜机都足够应付矣！

我用90mm镜头，因为我喜欢拍人像。你有了工具之后，就要选择在摄影上走的是哪一条路了。

虽然一幅经典之作会影响到我们的兴趣，但我始终觉得是个性使然。个性由遗传基因决定，天生也。

静物总是入门，风景也是最初接触的对象。常笑自己当年看到海边的一条破船就拼命拍它，英语中对这种现象叫为Boat In The Mud。

除了那幅钟，我没看到别的，不知道你的爱好是在哪里。静物和风景局限于光与影，要追求风格，这两种对象是难于满足的。

要走哪一条路很容易决定，看大师们的作品好了。

Robert Capa的那幅中枪死亡之前的兵士照片，令你震撼的话，就当战地记者摄影师好了。任何地方有天灾人祸，都是你的机会。

抱婴儿，两个小儿女依偎的母亲，那种无奈表情虽然没一滴泪，但充分表现人间疾苦，是Dorothea Lange的作品。看后令人想当义工。

但是人性也有另一个角度的描写。像Cartier-Bresson的那幅儿童，为父亲买了两枝大红酒捧回家的照片，对人类是充满希望的。

大家都会记得Harold Edgerton的那一滴牛奶变成一个皇冠，和Man Ray发明的叠影浮雕摄影。这又是另一派了，他们走的是技巧而不是内容。不过任何新技巧一被用上已变旧了，也是学我者死的路。

人体摄影总是有幻象的空间，Frantisek Drtikol、Franco Fontana、Toto Frima、Helmut Newton都是佼佼者。他们对裸体的魔，变成了艺术。

观察你的个性，人体摄影似乎对你无缘。你也已经超越了抛头颅洒热血的阶段。人像，还是你最好的选择。

你有拍人像的条件：自己是名人，要请什么人拍，大家不会抗拒你。人的表情千变万化，实在有趣。

当然我讲的不是什么加了数层纱，拍得朦胧的美化次货，而是把对象的灵魂都能摄出来的作品。

人像摄影也有危机。那就是大家都记得你拍的人，忘记是谁拍的。像Che Guevara的照片就是例子。

但也有不管对象是哪一个名人，一看就知道是什么人拍的。像Yousuf Karsh的丘吉尔、Phillippe Halsmah的达里和 Margaret Bourke-White的甘地。

拍人像也不一定要在影楼进行，Karsh就最喜欢在人家的工作环境之下拍。因为那样，对象才更能放松。而放松是拍人像的秘诀。老明星Gloria Swanson有两张照片，一张是老太婆，一张看起来不过四十左右。前者是她刚遇到摄影师，后者他们做了朋友。你老兄人缘好、朋友多，合作对象无数，再也没有比你更好的人选。

一个人把头钻进一种工作，看东西就不立体了。我看过许多电影人说来说去还是电影，久了就刻板无趣。你选择了摄影，我为你高兴。

最后，是成“家”的问题。学一样东西，众人都想成“家”：画家、书法家、篆刻家和摄影家。这都是精神负担，到头来成不了“家”的居多。我们爱上一种东西，只管爱好了，成不成得了“家”又如何？百年之后的事，与吾等何关？管它什么鸟？

祝福

蔡澜顿首

周华健

周华健来墨尔本开演唱会，我去接机。他一抵达，先到我们的戏里演一个角色。

起初大家都在讨论给他做些什么?

我建议，要拍的戏中，有一群哈利友地狱天使在团体结婚，三十对人。镜头由最后一对新人面前拉到最前面的那一对。新郎是梁家仁扮的大胡子电单车骑士，而他的新娘竟是周华健。这一来，一定让观众有个很意外的惊喜。

结果剧本改了又改，现在拍的是完全一个不同的版本。想出更好的主意现在卖个关子，让各位去猜猜。

周华健人极随和，谈吐带着知识。非常开朗，是位难得的歌手。他和成龙演对手戏，给香港和澳洲的工作人员一个很亲切的印象。大家都说："好人两个。"

赶到墨尔本之前，他在悉尼演唱，已有两天没睡觉了。来了现场，还没拍到他，他在车上即刻睡去。醒来完全像一个新的人，生龙活虎。吃完晚饭他又不去睡，带我们到游戏中心去打电子机。因为他说在香港和台湾都没时间玩。

娱乐工作者的一股淡淡的无奈由此可见。

华健在吃东西时很开心、很享受，吃得很多。别人吃剩的一大碟鸭子，伙计要把它收掉。他不客气地叫他们放着，自己慢慢欣赏。从他进食的习惯可以看出他做人的信心。

原来他已看过我的书，时常举一些我讲过的事来逗我笑。他自己也很爱笑。笑的时候很大声，一点也不修饰。

华健有今天的成功，不是偶然的。努力不在话下。最主要的是他有一份真，一份周围人已经失去的真。

我相信我们可以做好朋友。

卜少夫先生

阅报得知老前辈卜少夫先生去世，八十几岁。第一个反应就是：“这个人没有白活。”

是的，八十几岁人喝起酒来有如二十几岁的年轻小子。一杯灌完又一杯，笑嘻嘻的。旁边的朋友都说：“要是到了六十岁还能像他那么喝，已经心满意足！”

卜少夫先生是位举足轻重的政治评论家和报人，尤其在台湾方面影响力很大。还记得年轻时读家父订阅的《新闻天地》，薄薄的一本，内容丰富。就是卜少夫先生一手一脚主办的。

来了香港后遇见卜少夫先生，我这个无名小卒他不会认识。介绍之后，老先生把我抱得紧紧的：“听朋友说你也爱喝酒。”

后来数次的宴会中，我们都坐在一起，话题不离酒。卜少夫先生逢酒必喝，逢喝必醉，但绝对不麻烦别人。醉后就笑嘻嘻回家。这一点我向他学习，也能像他那么喝了。

我们欣赏的是辛弃疾的词：“昨夜松边醉倒，只疑松动要来扶。以手推松。曰：去！”

卜少夫先生还拥有丰子恺先生的一张画，题的正是辛弃疾的这首词。

有一回，听人家说卜少夫先生要把他的藏画拿出来卖，但价钱标得相当高。

友人说："不如我向他说，是你要买的，他一定算便宜。"

如果这种事也做得出，就不配和卜少夫先生交朋友了。我谢绝友人的好意。

卜少夫先生有位弟弟叫卜幼夫，酒量没有哥哥那么好。而卜少夫先生的哥哥就是鼎鼎大名的无名氏先生，我们年轻时看他的书看得入迷，倪匡兄也很喜欢。听说无名氏来了香港，即刻请他到夜总会去泡舞女。

无名氏先生抓着少女的手："这么年轻就堕入火坑，真可怜。"

舞女瞪了无名氏先生一眼，逃之夭夭。

曾希邦

我有一位好友叫曾希邦，大我十几岁，一直以希邦兄称呼。听起来像是帮凶，有点滑稽。他的英文名译成Tsang Shih Bong，叫起来像法国小调C'est Si Bon。他也常叫自己Si Bon–Si Bon，很好很好的意思。

初见希邦兄，是当年他也在我父亲任职的新加坡邵氏公司上班，做的是翻译工作。如果说中英文的造诣，希邦兄是星洲数一数二的人物。

后来他被报馆请去当副刊编辑，我还在中学，用了一个笔名胆粗粗地投稿，被选用了数篇散文。拿了稿费就到酒吧去作乐，遇到了希邦兄。他惊奇地反应："想不到是你这个小子。"从此来往就更多。

一天，他告诉我要结婚了，请我去喝喜酒。记得新娘子非常之漂亮，喝得大醉，上前求吻。

隔了一晚，他太太跑了。后来才知道这是小说中才出现的剧情：她的情人是一个黑社会人物。说不跟他走的话，会杀死希邦兄。当然那时候他是不知情的，造成的感情伤害多过失去生命。

从此在夜总会和舞厅中更常碰到他。为了避免谈起此事，我向他聊起其他事。当时我的影评写得愈来愈多，有个电影版要我去当编辑。我哪知道怎么编？就一直求他教我。希邦兄从排版的一二三细心地指导。第一版出现了。与其说是我编的，其实完全是希邦兄的功劳。

那时候我又与几个好友搞摄影。见他愁眉不展，劝他一起玩。这一次玩得兴起，在他的公寓中开了一个黑房，我们一起冲洗菲林，买Hypo定影液印照片。定影液要保持温度，新加坡天热，只有放进雪柜，他的不够大，我们各人都贮藏在自己家里的冰箱中，友人的父亲半夜找饮品喝，差点被毒死。

到了出国留学的年代，希邦兄与我的书信不绝。隔了数年，知道他在亲友的安排下相亲，娶了现在的太太，是位贤淑的女士，后来还为他生了两位可爱的女儿。大女生下后要取名字，希邦兄一向不从俗，就给她取了一个单名叫燎，燎原之火的燎。加上姓曾，更有意义。

多年的报馆生涯之中，他翻译的外电稿文字简单正确，所取之标题也字字珠玑。并非当今报纸的水平可以追得上的。

不过，希邦兄的性格也疾恶如仇。当时有个不学无术的总编要改他标题的一个字，闹得希邦兄与他差点大打出手。结果当然是被辞退了。希邦兄想起此事，说找不到其他工作差点饿死。

上苍没有忘记照顾有学问的人。这些年来希邦兄不断地著作，写了《黑白集》《蓝蝴蝶》《消磨在戏院里》《浪淘沙》等散文集和小说。退休后又有舞台剧《夕阳无限好》，翻译作品有《和摩利在一起》《古诗英译十九首》和《郑板桥家书》等等。最后一本由天地图书出版，叫《拾荒》。

希邦又对书法有浓厚的兴趣。以他的字迹来看，受颜真卿影响颇深。他说过颜鲁公的《争坐位帖》是集合了行、草、楷的大全，为登峰造极之作。如果大家觉得颜体只是招牌字，那就大错特错了。

我四十岁时有幸拜冯康侯先生为师。知道希邦对书法的喜爱，我将向冯老师学到的一点一滴用毛笔在宣纸上写信向他报告。一方面多一个人讨论，一方面写了一遍，对书法的认识印象更深。

那么多年来，我一去新加坡必定和希邦兄促膝长谈。说起我在两家报纸的副刊上开了专栏，题材想起来颇为辛苦。

希邦兄即刻把我从前写给他的信寄了给我，好几大箱。加上家父的书信来往，我得到了两个宝藏。题材滔滔不绝，再也不愁写不出东西来。

时间一跳，来到希邦兄的晚年。两位女儿亭亭玉立，家庭生活也颇为温暖。以希邦兄的个性，要交朋友不易。虽说也有数位敬佩他学问的人来往，但究竟老了也有觉得孤寂的时候。

这四五年来，我学会上微博，一种中国式的Twitter。我每天利用一些本来浪费掉的空间，比如早起思想模糊，看到电视新闻时的广告，我都利用来解答网友们的问题。玩得不亦乐乎，粉丝也增加至八百多万人。

我极力推荐希邦兄也上微博，起初他还有点抗拒。后来他说当自己是老舍的《茶馆》中的一名客人，自言自语试试看吧。

每天他发表三条微博，讲翻译、谈人生。微博也不全是一般人士参与，其中做学问的颇多。也都渐渐喜爱上希邦兄的文字，他叫我为他在微博上取个名字。我说他就像一位古时代的老师，无所不懂。就叫“老曾私塾”吧。

这几年来，我看他的身体逐渐转差，好像知道时间已不多了，就鼓励他一起去旅行。两老到了槟城，专程去见一位每天和他交谈的网友，聊得高兴。

终于，由她女儿传来的消息，说他在我生日的八月十八号那天逝世。我人在南美，赶不及去拜祭。在前几天，我又在微博上发了一段消息，说我要去新加坡，将代各位喜欢和敬仰他的网友们在曾希邦先生坟上上一炷香。

相信在下面的希邦兄看到那么多人都怀念他，也会微笑一下吧。

何藩

有些老友忽然间想起，特别思念过往相处的一段时光。何藩，你好吗?

让我洗刷记忆吧。何藩是在五十至七十年代在国际摄影中连续得奖二百六十七次的人，曾多次被选为博学会士及世界十杰。曾著有《街头摄影丛谈》及《现代摄影欣赏》诸书。

当年，阳光射成线条的香港石板街、菜市、食肆皆为他的题材。虽然以后的摄影家们笑称这类图片皆为“泥中木舟”的样板，但当年不少游客都被何藩的黑白照吸引而来。旅游局应发一个奖给他。

硬照摄影师总有一个当电影导演的梦，何藩也不例外。一九七〇年拍摄实验电影《离》获英国宾巴利国际影展最佳电影。

之前已加入影坛。当时最大的电影公司有邵氏和电懋，他进了前者。在《燕子盗》一片当场记。影棚的人看他长得白白净净，做演员好过。他扮饰妖怪都想吃的唐僧，最为适宜。一共拍了《西游记》《铁扇公主》和《盘丝洞》数片。

还是想当导演。演一九七二年首部作品《血爱》之后以执导唯美派电影及文艺片见称。

何藩每次见人，脸上都充满阳光式的微笑。和他一块谈题材，表情即刻严肃。皱起八字眉，用手比画，像是一幅幅的构图和画面已在他心中出现，非常好玩。

也从来没见过脾气那么好的导演。他从不发火，温温吞吞，公司给什么拍什么。一到了现场，他就充满活力。

有多少钱制作他都能接受。他以外国人说的“鞋带一般的预算”在一九七五年拍了一部叫《长发姑娘》的戏，赚个盆满钵满。

所用的主角丹娜是一位面貌平庸的女子，但何藩在造型上有他的一套。叫丹娜把皮肤晒为黝黑，加一个爆炸型的发式，与清汤挂面的长发印象完全相反。她又能脱，实在吸引不少年轻影迷。

何藩已移民外国，听说子孙成群。不知近况如何，甚思念。

苏美璐

父亲去世之前，我们通信最密，一个星期总有一两封家书。老人家有个好习惯——见字即覆。我亦学习。

另外是好友曾希邦，也不断书信来往。尤其是我拜冯康侯先生为师时，每上一课必将心得以毛笔记录。一面练字，一面讨论书法和篆刻。希邦兄天生急性子，等不及邮差送信。近年来已改为传真对谈。

下来便是为我作插图的苏美璐了。自从她和爱尔兰籍的先生搬回英国去住，我们的沟通也全靠传真。大部分时间，我的稿交得慢。周刊排好了字再传真过去，她已来不及作画。后来她要求我每次写完即刻传真给她。我怕字迹潦草，她说不要紧，只好硬着头皮照办。她画好速递寄回。传稿之余，总另页写些近况。书信来往密度增加，亦是乐事。

我的英文姓氏，以新加坡的乡下拼音写成Chua。洋人念不惯。苏美璐的先生干脆把我叫为BoBo，取自《暴暴茶》。

苏美璐在伦敦举行的画展中，我的新书封面绘画占了一角。作品画总要个标题，她先生为我乱安了BoBo做这个、BoBo做那个的。来看画的出版商问苏美璐说："这个BoBo是什么怪物？"

她向出版商简单地把我介绍，有些还说有可能以英文出书呢。但是这当然是八字还没有一撇的事。

谈到出书，日本版的翻译倒是落实了，已经上市。我一直向日本人打笑说：“借用你们篡改教科书的老话，这是进出呀，进出呀！”

还有台湾的远流出版社也将我的书重新编辑，一口气出了十本。称为某某人作品集，算是客气。要是命名某某全集，那就是在咒我种番薯去也。

封面仍旧采用苏美璐的画。为了此事我到过台湾，与远流出版社商讨内容的选择和发行的问题。飞回香港前在中正机场等候，见有数家书店，逛了一逛。

店铺不大，所有的书都像图书馆一样直竖于架子上。想起台湾的其它书店，也很少有将书放于平台的习惯。

书背脊上写着书名、作者名和出版社名，全部资料要挤进这条狭窄的空间。结果三者都看不清楚。

如果我的书要和它们排在一起，有谁知道？况且我在台湾还是新人一个。

“当”的一声，头上闪亮了一盏灯。

什么都玩了，为什么不玩书脊？

既然有十本，怎能不在书背上下工夫？

书脊是整本书中最受忽略的地方，与它的重要性根本不成正比。目前外国的绘画书和旅游书在书脊上偶尔见到些图片，那是因为书本身很厚，才有空间去玩。一般中文版小说或论著的书脊设计皆无创意，只要略有不同便能突出。

即刻传真给苏美璐，请她在书脊上作画。要求每一幅看起来能够独立，但是集合在一块儿又变成另一张横画的构图。

苏美璐马上会意。完成的作品是在艳红的夕阳之下，一只只的红鹤。有些金鸡独立，有些展翼欲起。背景远处更有无数往东飞翔的鹤群，形态安详优美。深合我意，不禁大喜。出版之后，我的书摆进书架时一看便认得出。要是卖得好，陆续再出，数十本并在一起，将成为清明上河图一般的画意，伸展连绵。

近视眼的读者，由老远也看得清楚吧。

要在众多的台湾作者之中争它一席，唯有做此下策招来看官，也不怕给人笑话！说什么都好，总之有得玩就是。书是自己的，可以胡作非为。一乐也。

玩过书脊，余兴未尽。再在商品上动脑筋，赚日本人的钱。

大阪将有一个食品博览会，以香港馆为主。已邀请镛记、陈东记和糖朝参加，由我带队出发。大会供应了我一个摊位，届时可以把香港的东西拿去卖，估计有三百万人前来。产品太多，眼花缭乱，必须归纳于一系列。日本人极爱《生死恋》这部电影，他处译为《爱情至上》，日本名为《慕情》。在戏院映了又映，电视上也播过无数次。

一提起《慕情》，日本人必与香港牵连在一起。记得在东京影展之中，凡是得奖的片子皆奏该国的国歌。一到港产片获奖，日本乐队不懂得奏《天佑女皇》，就弹起*Love Is A Many Splendored Thing*来。

因涉及版权问题，不能用威廉·荷顿和珍妮花·钟丝的海报或剧照，我请苏美璐作画。她寄过来的是一对男女拥抱着，在山顶遥望四十二年前的维多利亚海峡，充满诗情画意，如一股新鲜空气。以此为商品设计，又出发去日本。

友人利雅博在伦敦购一新居，要求苏美璐为他作画挂于墙上。我把她的联络处给了他，他们两人见面。返港后我问利雅博对苏美璐本人的印象如何，利兄回答："正如你形容，是个不食人间烟火的女子。"

只愿无事常相见
——记李碧华

天地图书公司往年都请我们这群著作人吃饭。在一次聚会中认识了李碧华，一见如故。记得她当晚还喝得相当醉。

后来我们时常通通电话，互相在事业上和私人问题上聊聊几句。

一天，她突然不高兴。说我和区丁平要搞的新戏有抄袭她原著之嫌。我并没分辩，只是说电影完成后一看就知道这不是事实。结果产生了两部片子，她编剧的《川岛芳子》和我监制的《何日君再来》。大家的东西截然不同。

之后我们又有许久不见。一次石琪陆离夫妇请吃饭又相聚，大家不提当年那件事。话题集中于她已有经理人，集中精神在出版她的作品的英文翻译。

今天谈八婆的一篇文章中，她引用了我几句话。可见得我的文章她还是偶尔阅读，我们之间的误会应已冰释。

对有才华的人，我皆尊敬。她的原著改编的《胭脂扣》更是我很喜欢的电影。《霸王别姬》的阴气太重，与我个性不合，不懂得欣赏。但这部戏也在电影史上占了重要的一席，是不容置疑的。

有一次报馆编辑请客，邀我们到尖东的一间卡拉OK。好在碧华没去。这地方很暧昧，一间间的小房，虽然从玻璃窗可看到房中进行些什么，但已被圣诞的白色泡沫漆涂掉，让人在其中做砰砰碰碰的事也不出奇。

以请作者为借口，来人为报馆的年轻职员。对硬如鞋底的火鸡胸并不在乎。

如果大家有空，这次由我做东，能想出几十个地方欢宴一番。和碧华叙叙旧，是乐事。

方块佳人

人的乐趣，除酒色财气之外，最重要的还有一件东西，叫读书。

香港人没有耐性看长篇大论的文章。专栏的小方块变成一种独有的文化。

谈香港的专栏作家，太过广泛。不如集中在女的，更乐也。

明星级的，不能忘记在《新生晚报》写的十三妹。她的专栏名字跟着季节改变：《我爱夏日长》《一叶集》《冬日随想录》《迎福挥春集》等等。读她的文章像喝酸辣汤，许多读者都迷上她的爆炸性文字。

主要她还谈绘画、文学、音乐、电影，介绍许多外国的文化，启蒙了不少年轻写作人。有个愿望是将来能把她的作品集合出书，让不认识她的读者欣赏。

陆离的专栏不多。读《中国学生周报》时代对她认识的读者都知道她有童稚的纯真。陆离的笔名有人说是来自“光怪陆离”，其实应是楚辞的“佩长剑兮陆离”。她爱电影、爱文学、爱漫画。有一段时期封笔，现在又喜见她在《快报》写的专栏。陆离的文字和十三妹的完全相反，从不带一点点的火药味，看得舒服无比。

怀念《粉红色枕头》时期的林燕妮。她也很少骂人，有时对男性的愚蠢发发牢骚而已。另一个专栏《懒洋洋的下午》，读了真得会懒洋洋地进入绮梦。

亦舒用依莎贝笔名写专栏，面目很多：谈《红楼梦》、买名牌、骂男人、骂女人、骂演员、骂导演。最近有时出现比较温和的带小孩子乐趣。

有个时代，她棱角尖锐，编辑先生吩咐属下不要得罪她。她未够年龄，杀人不偿命。

燕妮写《粉红色枕头》。她说她要写《紫颜色底裤》。

曾经沧海后，她的小品并未归于平淡，时有不饶人的佳句。

许多移民到外国的作者都失去了香港触觉，亦舒不同。无论她去了哪里，专栏还是那么好看。

亦舒家里有个遗传性的毛病，那就是有时控制不了感情的爆发，一批评起人来口无遮拦。当然，她的对象只是亲友。但想不到有一天被另一个女专栏作家把她的电话录了音，到处放送给与内容有关的人听，引起一群女作家对她的“围剿”。不过这事也被淡忘了。大家都知道她是无心的，又从头和她做起朋友。

白韵琴的专栏虽然有很多人批评为“谁和谁吃饭”罢了。但是想在她的专栏里看到自己有没有出现的读者不少。她长年写作，从不断稿。写得好不好见仁见智，却是一个奇妙的存在。

另一个常喜欢骂人的是陈韵文，很少指名道姓。许多被弹的人都不知道她讲的是谁。她写得最好的是《定格》专栏。

她从来不交行货，写至最后一个字还要挤出更好的。当年没有Fax机，她常乘的士过海去送稿。

陈韵文也有陆离一般的童真。不，不能说是童真吧，简直是小孩子恶作剧。她住嘉多利山的时候曾有个邻居叫许冠文，不知道在什么地方得罪了她，陈韵文三更半夜地把他汽车的四条胎的气都放光了。米高，这么多年后，你知道谁是元凶了吧。

读李碧华的《白开水》已经多年了。她的特点是读者从来不会感到她的文字是陈腔滥调，这非常的难得。有个时期她跑到京都大学去钻研文学。现在多写大陆的人物和小说，可读性极高。

阿吉林冰的专栏出现在娱乐版。她曾经告诉我她喜欢走险招。什么都写，骂到艺人牙痒痒又不敢不承认是事实时，是她最快乐的时候。所以林冰的文章好看。她不一定受人钱财替人消灾，有赞有弹，已达到了宣传上映片子的目的。

早年，曾经读她在迟宝伦编的旅游杂志上的文章，已知非池中之物。林冰是成功的，听说她的房子买了一栋又一栋。专栏作家中，应算是最有钱的其中之一吧。

很少看到那么多爱心的梁玳宁。不但不骂人，还整天收集秘方替读者医病。

梁玳宁有个好友是我中学的同学，患忧郁症，她找不出办法。和我商量之后，我说心病以心经医之，熟读心经，自得安乐。她好像没有公开过这个秘方。

蒋芸、孔昭、陈也、查小欣、柴娃娃、小不点、金虹、胡雪姬、胡雪莉、徐咏璇、张臻、谢雨凝、阿沌，还有一时记不起的女专栏作家，都是我喜欢读的。

出 品 人：许　永
出版统筹：海　云
责任编辑：钱飞遥
封面设计：刘晓昕
印制总监：蒋　波
发行总监：田峰峥

发　　行：北京创美汇品图书有限公司
发行热线：010-59799930
投稿信箱：cmsdbj@163.com

创美工厂
官方微博

创美工厂
微信公众号

小美读书会
微信公众号

小美读书会
读者群